KB236285

오성산 군인

오성산 군인

– 군인이 아니면 무엇을 했을까?

한 기 호 지음

시간의 물레

머리말

걸어온 길, 가야 할 길

자랑스러운 군복을 입고 설레는 마음으로 출근했던 40년······.

낮과 밤이 따로 없고 달고 쓴 것 구분 없이 정열적으로 일했던 부대 생활, 적지 않은 시행착오와 고뇌를 거듭하며 조금씩 깨닫게 된 Know- How, 건전한 사고와 시각, 미래 우리 軍이 나가야 할 방향과 비전!

분명한 것은 허물 벗지 못한 뱀은 죽을 수밖에 없듯이 안주하거나 변화를 두려워해서는 안 된다는 것이다.

이제 군생활을 하면서 나의 밑천이기도 했던 일기내용과 그리고 하고 싶었고, 했어야 할 못 다한 일들을 허심탄회하게 전문성과 자부심에 찬 믿음직스러운 후배들에게 전하고자 한다.

아울러 고독한 군인의 삶을 의롭게 해 주고 인생의 지표가 되어주신 존경하는 군 선배님들, 비록 부족하지만 나 '한기호'를 믿고 끝까지 묵묵히 따라준 나의 분신과 같은 소중한 부하들,

역경에 좌절하지 않도록 냉철한 조언과 격려를 아끼지 않았던 동료들. 나는 그들과 함께 했던 내 군생활의 소중한 추억들을 이야기 하고 싶었다.

지금은 돌아가셔서 뵈올 수는 없지만 오늘의 내가 있기까지 군인의 길을 반듯하게 걸어갈 수 있도록 인도하고 내 삶의 등대와 같은 역할을 해주신 존경하는 내 아버님께 바치고자 한다.

그리고 오로지 자식 잘 되기만을 바라는 한결같은 마음으로 당신을 희생하시며 질곡의 삶을 살아오신 어머님과 노심초사 군인의 아내로 살아오면서 늘 친구 같고 든든한 후원자였던 사랑하는 아내 미란, 딸 혜연이와 아들 관수, 전우와 가족이라는 이름으로 나와 인연을 맺은 모든 분들께 고맙고도 감사한 마음을 전한다.

"전승의 중심! 여기서, 우리가!" 내가 마지막으로 근무했던 육군교육사령부의 구호이다. 이제는 사회의 중심에 서서 내가 군을 위해 무엇을 해야 할 것인가를 생각하련다.

2010년 4월

Contents

1부 : 그 때 그 순간을 그리며

2부 : 못다한 이야기

1부 _ 그 때 그 순간을 그리며

Ⅰ · 부족하지만 넉넉했던 어린시절

아버지

아버지께서는 청주 한씨 가문의 참의공파 29대손으로 1903년 10월 보름에 태어나셨다. 7대조부터 철원평야 지역에서 일가를 이루어 약 500여 년간 정착하여 살다보니 풍요롭지는 않았으나, 그럭저럭 잘 사는 편이었다.

그러나 1948년 말 김일성 정권이 쳐들어오면서 숙청대상이 되셨다. 아버지께서는 보위부로 출두하라는 지시를 받고는 할아버지, 할머니와 집안 식구들을 모두 한 자리에 모아놓고 어떻게 하면 좋겠냐고 의논을 하셨다.

할아버지께서는 "지금까지 불려간 사람 중에 돌아온 사람이 있냐? 어디 가 있는지 알기나 하느냐? 아무도 안 오고, 어디가 있는지도 모르고 결국 죽었을 것이다. 그러니 너는 월남해라." 하셨다.

김화에서 영평천까지 50km 정도였는데, 그날밤 아버지께서는 그 3·8선까지 야밤에 넘어가셨고, 어머니께서는 누나와 할아버지, 할머니를 모시고 살게 되었다.

아버지께서 보위부로 출두하지 않자 집으로 쳐들어와 바로 그 자리에서 집 가산을 전부 몰수하고 집에 일하는 머슴들에게 땅 문서부터 옷장까지 다 나누어 주었다.

결국 우리 가족은 모두 쫓겨나게 되었지만 다행히 살면서 인심을 잃지 않아서, 머슴살이 하던 사람이 창고에 살도록 해주어 그곳에서 1년 정도 살게 되었다.

아버지께서는 이미 월남하시고, 1949년에 누나가 영양실조로 죽게 되자 할아버지, 할머니께서는 이제 살만큼 살았다 하시며 어머니도 남으로 내려가라고 하셔서, 결국 월남하시게 되었다. 나는 1952년 피난 중에 경상남도 밀양의 피난민 텐트촌에서 태어났다.

6·25 전쟁이 끝나자 고향은 남쪽 땅이 되어 비무장지대 안에 포함되었다. 결국 고향 근처에 자리를 잡아 정착한 곳이 김화군 서면 와수리 대득봉 아래 판자촌이었다. 앞산에서 벌목한 나무로 직접 집을 짓고, 가진 것은 없었지만 열심히 살아가셨다.

그 때 마을에는 농협이 만들어졌고 아버지께서는 초대김화농협 협동조합장을 하시게 되었다. 이제 밥 좀 먹고 살게 되었나보다 하는데, 김화군과 철원군이 전부 남북이 나뉘어 면적이 작은 김화군이 결국 철원으로 통합하게 되어 김화군이 사라졌다. 아버지는 실업자가 되셨다.

그 때를 생각하면 정말 말도 못할 만큼 고생한 기억이 난다.

지금 못사는 나라의 난민들을 보면 어린애들 배가 올챙이처럼 튀어나온 것을 보게 되는데 딱 내 모습 같았다.

하지만 매섭고 혹독한 겨울 날씨와 부족한 양식 때문에 처자식들을 제대로 배불리 먹이지는 못했지만, 사람이 해야 할 도리가 무엇인지를 항상 생각하고 깨닫도록 하셨다. 아버지 스스로도 아무리 어려운 상황이 닥치더라도 자식들에게 추하거나 비굴한 모습은 한 번도 보이지 않으신 부끄러움 없는 당당한 삶이셨다. 지금 이 순간 아무리 아버님의 험을 찾으려 해도 찾을 수 없는 생이셨다.

1997년 3월 1일 돌아가시기 한 달 전, 1월 29일 나는 위독하신 아버지를 찾아뵙고 일기에 이렇게 썼다.

아버지! 저는 아버님께서 쉰이 되신 해에 어머님의 몸을 빌려 이 세상에 태어났습니다. 궁핍했고 어려운 생활이었지만 아버님의 남다른 사랑과 어머니의 따스한 손길에 의해 전쟁 중에도 생명을 부지하여 오직 부모님의 사랑 하나로 여기까지 살아왔습니다.

저는 압니다. 아버지께서 얼마나 저를 대견해 하셨는지를. 옛 구문체로 사랑을 담아 보내주시던 편지들을 생각하면 지금도 행복합니다.

오늘 아버지의 손을 잡고 핏기 없는 마디마디와 엷은 살갗에 푸른 핏줄이 다 드러나신 앙상한 모습에 너무도 슬프고 안타까웠습니다.

그토록 제게 베풀어 주신 하해와 같은 사랑을 아무것으로도 갚지 못하고, 가빠하시는 호흡과 불규칙하고 너무 빠른 맥박을 짚으며 지난 과거가 가슴 바닥을 아리게 기억되어 생생히 나타났습니다.

아버지! 너무도 힘든 삶이셨고, 우리나라의 가장 어려운 격동기를 살아오신 지난날이었습니다.

통일되어 보셔야 할 고향 땅은 지금도 철책에 갇혀서 신음하고 있는데 남들은 장수하셨다, 오래 사셨다지만 제게는 아직 너무 부족한 것 같습니다. 아버지와 함께 보내야 할 시점들이 아직도 너무 많이 남아 있습니다.

아버지! 학포리 남대천에서 물고기를 잡으며 보냈던 때가 가장 아름다웠던 시간이었던 것 같습니다.

"다음 주에 다시 올게요." 하니 "다음 주까지 살아 있겠니?"라고 대답하시는 모습을 뵙고 제 불효한 모습이 너무도 미웠습니다. 비록 다시 소생하시지 못하신다 하더라도 떠나시는 날까지 옆에서 지켜드리지 못하는 자식으로.

아버님 용서해 주십시오.

고향 집

내 고향은 김화의 동주벌판이다. 오성산의 위용 앞에 금빛 치마를 벗어서 깔아놓은 듯한 나락 익는 가을 벌판은 한없이 달리고 뒹굴고 싶은 감흥을 갖게 하는 마력을 지녔다.

우리 집은 6·25가 끝나고 약수리에서 셋방을 살다가 아버지와 어머니께서는 앞산에서 잣나무를 잘라다 기둥을 세우고, 곧은 소나무로 서까래를 써서 흙벽 초가집을 지었다.

방이 두 개 ㄱ자로 있고 가운데 봉당이 있었다. 넓은 울타리 안에는 채소밭이 있고 울타리에는 뽕나무가 몇 그루 있었다. 울타리로 돌아가며 살구나무, 배나무, 밤나무가 있었으니까 지금 생각해도

누이와 여동생, 남동생

꽤 넓은 집이었다.

대문은 옻나무로 되어 있어서 옻을 타는 사람들은 대문을 보면 기겁을 하곤 했다. 우리 식구들은 옻을 타지 않아 괜찮았지만 옻을 타는 사람들은 볼 때마다 놀라곤 했었다.

그리고 집 앞에 강변 뜰이 있었고 서울 가는 신작로를 건너서면 한탄강 상류인 남대천 줄기가 흐르고 있었다.

중학생 때 남대천 뚝방에서

여름이면 하루 종일을 그 개울에서 첨벙거리다가 저녁에야 들어오면 감자를 넣어서 만든 밥을 먹고 집 앞에 멍석을 깔고 식구들이 전부 나와 앉아 여름밤을 이야기의 꽃으로 장식하곤 했다.

개울에서 종일토록 놀다가 집에 들어서면 마당에다 만든 화덕에서 밥이 다되어 그 구수한 냄새를 온 집안에 뿌리고 있었으며 배가 고플 때에 맡는 감자밥 냄새는 황홀할 만큼 나를 사로잡곤 했다.

저녁은 의례 울타리 밑에 심은 호박넝쿨에 줄을 올리고 받침대를 세워 지붕으로 올려놓은 밑에서 먹었다.

마을 어른들과 부모님이 하루 밭일을 마치고 모여서 농주를 마시며 이야기의 꽃을 피울 때면 우리들은 반딧불을 쫓아 개울가 강변을 정신없이 뛰어다니며 한손에는 옥수수를 들고 먹는 것을 멈추지 않았다.

밤이 깊어지면 어머니의 부르는 소리를 따라 집에 들어가 모기장 속으로 기어들어가면 꿈같은 하루가 지나는 것이다.

이런 여름이 지나고 나면 일손이 바쁜 가을이 온다. 우리 동네는 우리나라에서는 제일 먼저 벼를 베는 곳이다.

우리 집은 젖 짜는 염소를 기르고 있었기 때문에 아침에 일어나면 염소젖을 짜고 들로 끌고 나가 매어놓은 후 아침을 먹고 학교에 가곤했다.

염소젖은 나와 누나가 짰다. 지금 생각해 보면 그때부터 먹은 염소젖이 오늘의 멧돼지라는 별명을 갖게 한 계기가 된 듯도 싶다. 학교에서 돌아오면 앞개울을 건너 염소를 끌러간다. 낮에 매어 두었기 때문에 충분히 먹지 못했기 때문에, 이튿날 아침 젖을 많이 짜려면 배가 땡땡하도록 먹여야 한다. 묶어두었던 고삐를 풀어서 목에다 감아 주면 좋아서 어쩔 줄 모르고 다리에다 볼을 후비며 아양을 떨다가 유유히 풀을 뜯는다.

세 마리가 서로 어울려 장난을 치며 놀도록 놔두고는 나는 언덕에 누워서 하늘을 바라보며 뭔지 자신도 모르는 우수에 젖기도

하고 미래에 대한 꿈을 키우곤 했다.

그곳은 들국화가 많은 곳으로 이름도 모르는 들꽃과 어울려 피어있는 개울가나 산모퉁이를 서성거리며 보내는 그 시간이 내게는 가장 나만이 가질 수 있는 낭만의 시간이었다.

국도를 따라 달리는 버스를 바라보며 서울에 대한 향수에 젖고 나도 빨리 커서 서울을 누비며 살겠다고 벼르곤 했었다.

휴일이면 큰 병을 들고 논으로 메뚜기를 잡으러 간다. 지금은 농약 때문에 메뚜기가 별로 없지만 그때는 굉장히 많았었다. 몇 시간만 잡으면 병으로 하나 가득씩 잡았으니까.

가을이 깊어지면 친구들과 어울려 깊은 산으로 머루와 다래를 따러가서 큰 나무에 기어올라 입술에 물이 들도록 따먹고 하루를 보내고 해가 져서야 들어오면 으레 어머니로부터 꾸중을 들었다.

지금은 꿈처럼 아득하기만 한 그 시절 그 때, 그 얼굴. 평생 내 기억에 가장 아름다운 추억으로 떠오를 것이다.

칼국수

꿩고기 칼국수는 우리 지방에서는 고급음식으로 친다.

겨울밤 눈이 덮인 산간벽촌에서 잡은 꿩을 삶은 육수에 칼국수를 끓이고, 그 위에 양념한 꿩고기를 찢어 얹어서 먹는 정취는 생각만 해도 침이 흐르고 구미가 당긴다.

어렸을 때 아버지 친구 분께서는 꿩을 잡아서 우리집에 들러 어머니에게 요리를 부탁해 놓고, 막걸리를 받아 마셔가며 나누시던 정담을 들으며 한 그릇 얻어먹던 기억이 새롭다.

언젠가 큰 형이 꿩을 잡아왔을 때, 아버지께서는 당신 젊었던 시절 이야기를 들려주셨다. 아버지께서 매사냥을 나가시면 어머니는 칼국수를 밀어놓고 기다리시다가, 어스름 저녁에 꿩을 잡아오면, 어머니는 이내 칼국수를 끓여 내셨다는 말씀만으로도 강원도 산골의 흥취를 충분히 느낄 수 있었다.

사냥을 나갈 때마다 꿩 수확이 있는 것이 아니었으니, 빈손으로 돌아올 때는 꿩 대신 닭을 잡아 칼국수를 끓였다고 한다. 그래서 나온 말이 꿩 대신 닭이라는 옛말이 생겼다고 한다.

1978년 광주에서 고등군사반교육을 받을 때, 하숙집에서 끓여준 칼국수를 먹고 일기에 이렇게 썼다.

음식이란 지방마다 독특한 맛깔이 있고 그 조리 방법도 차이가 많다. 남도 음식 중에서 내가 제일 싫어하는 것은 김치와 된장이었다. 담그는 방법의 차이로 기본 반찬인 김치와 된장의 맛이 달라 음식들을 먹기가 힘들어 고역이었다.

중부지방 이북에서는 대체로 음식들이 산뜻하면서도 담백하여 음식마다 하나의 향을 지니고 있다. 그런데 남쪽지방 음식은 맛이 걸쭉하고 텁텁하며 비릿한 것이 깔끔한 맛이 없다. 그러나 지금은 객지생활을 오래해서 어느 정도 견딜 수 있다. 예전 같으면 전혀 손을 대지 못 했다. 더구나 우리 집은 오랜 전통을 지니고

있는 종가로 모두들 어머니의 솜씨를 칭찬하였다. 비록 가난하였
지만, 어머니의 음식솜씨는 아무리 일류 어느 요리사도 그 흉내
를 낼 수 없는 독특한 손맛이 따로 있었다.

나는 칼국수 국을 먹을 때마다 어머니를 생각한다.

웃음

　

나의 어린 시절은 위로 누나가 4명이고, 아래로 바로 밑 동생이 여동생이다 보니 여자들 틈에서 자랐다. 시골의 어려운 생활 속에서 여자 형제들 틈에서 성장하다보니 많은 행동들이 여성스러웠다.

고무줄넘기, 공기놀이를 잘하는 것은 당연한 것이고, 뜨개질과 바느질도 웬만큼은 한다. 그러다보니 웃을 때도 여자들처럼 입을 가리고 '호호'거리며 웃었고 특별히 누가 뭐라고 지적하는 사람도 없었다.

철원에서 남녀공학인 중학교를 마치고 서울 한양공고로 유학을 와서는 남학생들끼리만 어울

중학교 졸업식을 마치고

렸다. 그 당시에는 실업계 고등학교에는 일반적으로 주먹을 쓰는 학생들이 꽤 있었다. 나름 터프한 것이 멋있던 시절에 입을 가리고 호호거리고 웃는 내 모습에 친구들은 "야! 너는 계집애같이 왜 그렇게 웃냐?"고 놀려서 충격을 받았다. 그래서 거울 앞에서 목젖이 보이도록 웃는 연습을 하고, 일상생활 속에서도 호탕하게 웃으려고 노력을 많이 했다. 어떤 때는 의식적으로 행동을 억지로 하다보면 얼굴에

고교시절 경주 수학여행

경련이 일기도 했다. 그래도 피눈물 나는 연습 덕분에 제법 사내같이 웃게 되었고, 모두 내 웃는 모습이 좋다는 말에 더 신이 나서 웃다보니 나의 트레이드마크가 되었다.

웃음에 대한 많은 속담과 격언들이 있는데 웃음은 인간과 동물이 구별되는 특징이라고 하며, W.화이트 헤드는 "인간은 웃을 줄 아는 유일한 동물이다."라고 했다. 또한 1969년에서 1985년까지 코미디프로그램 〈웃으면 복이 와요〉는 장기간 히트를 치기도 했다.

속담에도 "웃는 얼굴에 침 못 뱉는다"는 말이 있고 어떤 이는 "만족한 웃음은 집안의 햇볕이다."라고도 했다.

웃음은 인간생활의 가장 윤택한 요소이며, 웃고 나면 기분이 상쾌하고 생명력이 움터 생산적이며 발전적인 마음의 눈이 트인다. 대인관계에서의 웃음은 친근해질 수 있고 호감을 나타내는 가장 효율적인 돈 안 들어가는 최고의 가치가 되기도 한다.

요란한 '웃음'과 '미소'가 차이는 있지만 미소는 마음의 기쁨을 외부로 나타내는 모습이면서 호감을 나타내는 방법이니 미소가 많을수록 좋을 수밖에 없다. 그런데 현대인은 미소를 잃어가고 있다. 미소를 지어야 할 때 무표정하고, 이유 없이 얼굴을 굳히고 심하면 짜증스러운 모습을 보이는 등 아름다운 미소를 찾기가 힘든 시대가 되었다. 오죽하면 웃음체조가 나왔고 웃음강좌가 인기를 끈다. 살아가기는 좋아지고 있는데 미소와 웃음이 사라져 가는 것은 안타까운 일이다.

군생활을 하며 많은 전우들을 만나고 헤어지기를 반복하는 것이 군인들의 숙명이다. 전속을 가거나 전역한 후 안부의 메일이나 혹은 편지, 전화를 받으면 나에 대해 기억 중에 빼놓지 않고 회상하는 것이 '웃음'이라고 한다.

지휘관을 하면서 아침체조를 하기 전에 웃음체조를 제일 먼저

하는데 이렇게라도 해서 하루 일과가 유쾌하게 시작되기를 바라는 마음에서다. 웃음과 미소를 되찾아야 한다. 그리하여 하루 종일의 생활이 웃음과 함께 이뤄지고 웃음이 습성화된 사회 속에서 대립의 감정과 불화의 요인이 사라져서 생활에 활력이 넘쳐야 한다. 나는 친구들의 놀림 덕분에 '호탕한 웃음'을 내 것으로 만들고, 여러 사람에게 나의 이미지로 남게 한 것에 대해 오히려 감사한다. 앞으로 남은 인생동안 얼굴의 주름은 늘어나겠지만, 웃음만큼은 죽을 때까지 가져가고 숨을 거두는 순간에도 웃을 수 있기를 하느님께 기도한다.

선 택

　사람이 일생을 살아가며 무엇을 해야 할 것인가에 대한 고민과 그때마다 선택의 갈림길에서 어떤 길을 선택하느냐에 따라 삶의 족적이 남는다.

　초·중학교 때에는 집안이 어려워서 3살이나 많은 누나는 초등학교를 마치고 중학교에서 잔심부름을 하여 학비를 모아 중학교를 나와 함께 입학하였다. 중학교 3학년이 되어서는 지역 내에 고등학교도 없고 가정형편상 진학을 못할 처지였다. 그런데 누나들이 나중에 부모님을 모시려면 밥벌이는 해야 한다고 나를 진학시키기로 뜻을 모아서 학비를 대기로 했다.

　승애 누나가 여름 방학 때 집에 와서 "어떻게든 학비를 마련해 줄 테니 고등학교 입시 준비를 해라. 기회는 한 번뿐이다. 인문계는 안 되고 실업계 고등학교를 가라."고 하며 입시 문제집을 사다 주었다. 쥐도 궁지에 몰리면 고양이에게 대든다고 했듯이, 한 번밖에 없는 기회라 입시문제집을 거의 외우다시피 공부하여 덕분에 한양공고 전기과에 입학할 수 있었다.

어려운 객지 생활에서 먹을 것 먹지 않고 입을 것 입지 않고 학비를 내준 누나들에게 미안하고 고맙다. 특히 바로 위의 누나는 진학을 못하고 양장점에서 일을 배우며 힘들게 생활했다. 그 모습을 생각하면 죄스럽기까지 하다.

중학교 때 제대로 공부하지 않고 입시문제만 공부하였기에 고등학교 입학하니 기초가 너무 부실해서 진도를 따라 가는 데 힘들었다. 더구나 학교에 다녀오면 과수원에서 농약을 뿌리고, 거름을 주고, 잡초를 뽑는 일을 하였다. 수확 철이 되면 때를 맞추어 과일을 따느라 하루해가 짧은 고된 노동을 했다. 부모님께서 연로하시니 농사일을 거들어야만 했기 때문이다.

나는 고등학교 입학 때문에 먼저 서울로 올라와서 큰누나 집에 얹혀 살다가, 부모님께서 친척 소유 논현동 과수원 방 두 칸짜리 관리숙소로 이사하셔서 나도 부모님과 같이 생활하였다. 그 당시 강남 일대는 야산과 과수원만 있는 시골 농촌 모습이었다. 집에서 뚝섬 나루터까지 걸어서 3km, 배 타고 한강을 건너 65번 버스를 타고 학교까지 등교하는 데 걸리는 시간은 두 시간이었다. 배를 놓치면 지각할 수밖에 없었던 시절이다. 또한 장마가 지면 배가 운행이 안 되고 결빙이 되면 강을 건너지 못해서 결석하기도 했다. 그럭저럭 2학년이 되자 나의 장래에 대한 고민이 많아져

회의에 빠졌다. 고등학교를 졸업하고 자격증을 취득하여 가장 잘 취직하는 것이 한국전력에 취직하는 것인데, 통상 선배들이 근무하는 곳은 발전소, 변전소, 고압송전 시설관리 분야에서 일을 했다. 그 길을 간다고 생각하면 가슴이 답답해 왔다.

그러던 차에 2학년 겨울방학을 며칠 남겨 놓고, 고등학교 선배 중에서 육사를 다니던 세 분이 모교를 방문해 육사 소개를 한다기에 호기심에 참석을 했다. 무엇보다도 학비가 들지 않고 재워주고, 입혀주고, 먹여주며 대학공부를 시켜주고 졸업하면 장교가 된다는 말에 "아! 이게 내가 갈 수 있는 길이구나!"라고 생각하니 가슴속에서 뜨거운 열망이 솟아올랐다.

육사 소개가 끝난 후 쭈뼛거리며 선배 중에 마음씨 좋게 생긴 생도에게 다가가서 "육사를 가려면 무엇을 준비해야 하나요?"라고 질문을 했다.

바로 그 때 만난 선배가 지금 병무청장을 하시는 2년 선배 박종달 장군이시며, 지금까지도 많은 조언을 해주시는 군생활의 형님이시다.

"너 공부 잘하니?"

"아주 잘하지는 못하는데요." 하고 꼬리를 내리니,

"공부를 잘해야 합격할 것 아니냐?"

육사 시험이 국어, 영어, 수학 세 과목인데 학교수업만으로는 어렵고 학원을 다니든 별도로 공부를 해야 한다는 것이다. 그렇지 않아도 어렵게 학비를 마련해 주는 누나들을 생각하니 학원에 보내달라고 말할 용기가 나지 않았다.

며칠을 고민하고 있는데 승애 누나가

"기호야, 무슨 고민 있냐? 왜 얼굴이 그렇게 어두워."

머뭇거리다가 자초지종을 이야기했으나 반대했다.

육사를 들어가서 4년을 공부하고 장교가 된다고

한양공고 졸업식을 마치고

해도 봉급은 얼마 안 되고, 부모님은 연로하셔서 더 일을 할 수 없으니 취직해야 한다는 것이다. 누나 말이 맞지만 사관학교에 가고 싶은 마음이 수그러드는 것이 아니라 오히려 점점 더 가고 싶은 마음에 안절부절 못하게 되었다.

다시 용기를 내서 이번에는 유순한 승호 누나에게 사관학교에 가고 싶다고 통사정을 했지만 돌아오는 대답은 마찬가지였다. 낙담을 하고 두어 달을 풀이 죽어서 학교에 다니고 있는데 누나들이 이야기 좀 하자고 불렀다. "정말 그렇게 사관학교를 가고 싶냐?"고 다시 물었다. 집안사정은 잘 알지만 정말 가고 싶다고 하니 세 과목 학원비를 감당할 수 없으니 우선 두 과목만 학원을 다니고 한 과목은 자습하라는 허락이 떨어졌다. 뛸 듯이 기쁜 마음으로 학원에 영어와 수학을 등록하고 나니 차비가 없어서 약수동 누나 집에서부터 걸어 다녔다. 그러나 힘든 줄 모르고 열심히 공부를 했고, 운까지 좋아서 육사에 합격을 했다. 지금 그 시절을 돌아보면 누나들에게 고맙다. 승애 누나와 승호 누나는 동생이 육사를 졸업하고 장교가 된 후에도 집안을 돌보느라 결혼도 늦어졌다.

내가 군생활을 40년이나 할 수 있었고 장군이 된 것도 모두 사랑하는 누나들이 아니었으면 엄두도 못 낼 일이었다.

이제 60을 넘긴 누나들을 생각하면 저절로 눈시울이 붉어진다.

Ⅱ · 사관생도라는 신분

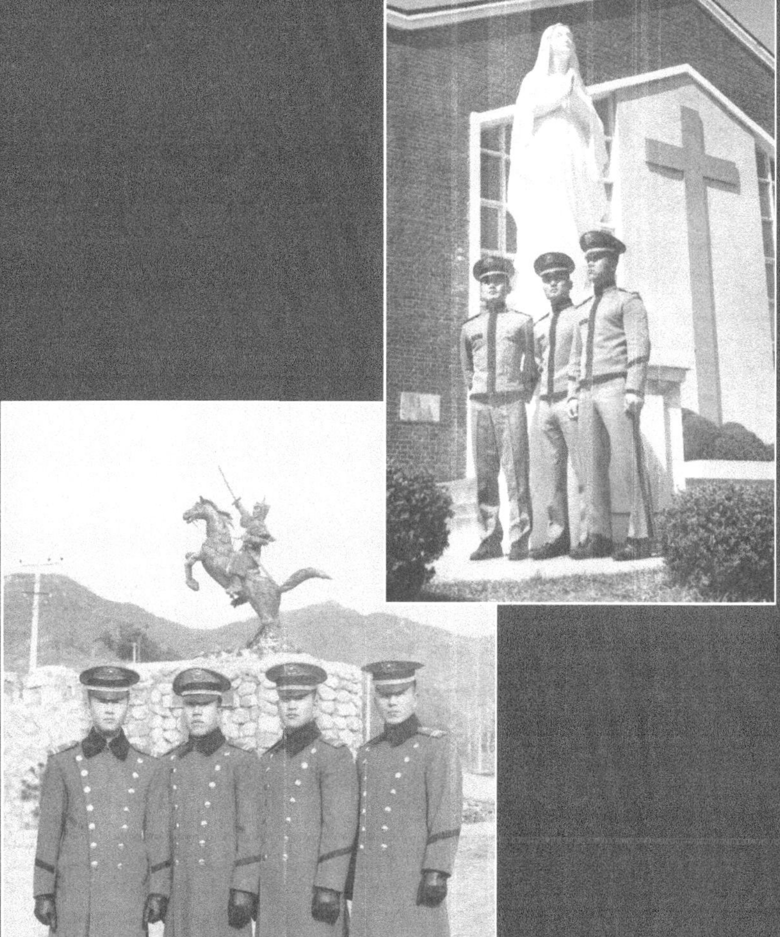

휴식의 의미

생도시절의 가장 큰 기다림과 기쁨은 무엇일까 생각해 보면 바로 휴가가 아니었을까? 휴가를 출발하던 그 날의 설렘은 어린 소녀의 꿈처럼 고운 장밋빛 새벽보다 더 감미로웠다.

육사 생도생활은 일반 대학생들과 달리 1학년 때는 외출과 외박 없이 생도대에서 내무반 생활을 하고, 2학년 때부터는 외출, 외박을 나가게 된다. 휴가는 여름과 겨울에 각각 3주씩 짧은 기간 동안 귀향을 해서 하루하루를 아끼며 보내게 되는데, 휴가를 떠나기 2~3개월 전부터 휴가계획서를 작성해서 제출까지 해야 한다.

나는 휴가를 받아도 화려한 계획을 세울 처지가 못 되었다. 집에서 여름 농사를 거들어 드려야 하는 일들이 기다리고 있기 때문이었다. 3학년 여름휴가는 그래도 가장 알차게 보냈다고 생각했는데 휴가를 마치고 돌아와서 일기에 써놓은 글을 보니 참 덤덤한 3주였다.

3학년 여름휴가를 떠나던 날 생도대를 등 뒤에 두고 가방을 들고 교문을 나섰다. 동기생들과 함께 부슬부슬 내리는 비를 맞으며 버스에 올랐다. 방학 동안 무엇을 할 것인지 부푼 계획을 나누며 서로에게 몸보신 톡톡히 하고 돌아오라고 격려했다.

홀로 남게 된 버스 안에서 홀가분한 마음에 차 안을 곁눈질해 보니 초점 없는 눈망울로 창밖을 바라보는 승객들 구경을 끝내고, 집에 들어갈 일을 생각했다.

청주 한 병, 가장 큰 수박 한 덩이, 이만하면 모두들 모여 앉아 한바탕 축제를 벌여도 좋겠다는 생각을 했다.

날씨 탓인지 정모 밑으로 송글송글 땀방울이 맺히고, 멀리 과수원 울타리 너머 포플러 나뭇가지 끝에 늦잠을 자도 말릴 사람 없는 삼간방의 잿빛 지붕이 보이자 안도의 숨이 쉬어졌다.

그동안 자란 밤톨만한 알들이 봉지 속에서 쉬고 있는 배 밭을 지나면서 추수할 생각도 나고, 복숭아밭에 들어서니 아치처럼 건너가고 건너온 가지들이 터널을 이루고 있었다. 푸성귀 같이 덜 익은 복숭아 냄새가 물씬거렸다. 개 두 마리가 뛰어나오며

짖는다. 아직 동생은 학교에서 돌아오지 않았고 아버지만 계셨
다. 제일 반가워하실 어머니가 보이질 않으셨다. 급성맹장 수술
후 퇴원한 누나 병간호 가셨다고 했다.

어머니를 찾아 누나 집에 가서 잠깐 나가셨다는 어머니를 기
다리는데 누나가 점심을 먹으라고 권했다. 이미 먹었다고 버티
고 있다가 어머니께서 돌아오셔서 이내 점심 굶은 것이 탄로 났
다. 누나는 사내자식이 왜 그 모양이냐는 핀잔을 줬다. 조금은
감성적인 계집애 같은 마음이 자리 잡고 있었던 것을 자인하면
웃음으로 넘기고 어머니와 함께 집을 향했다. 이것이 3학년 휴
가의 첫날이었다. 휴가를 나오기 전에는 그토록 그리운 집이지
만, 집에서는 하루 이틀만 묵고 8일 동안은 친구와 지방으로 내
려가서 지내다 모기와 식사 난에 시달려서 핼쑥한 모양으로 집
에 돌아왔었다. 그러고 나서 초등학교 이후 만나지 못했던 화천
외사촌 형집네 가서 형수의 극진한 대접 속에 이야기꽃을 피우
고 흡족한 방문이라고 생각될 때는 이미 버스에서 헐떡거리고
있었다. 바쁜 일정을 소화하다 보니 벌써 3주가 흘러 귀영일이
코앞이 되었다.

많은 경험과 사색으로 가득 메워진 3주간의 여름휴가는 그저
소모되어지고 버려진 시간이 아니다. 아무런 후회도 미련도 없이
최선을 다해 보람 있게 보냈다면 진정 가치 있는 휴식이자 또 다

른 출발을 위한 충전의 시간이 되었을 것이다.

어떻게 쉬느냐? 그것 역시 자신의 인생을 떳떳하고 당당하게 만들어가는 중요한 과제일 것이다.

하계군사훈련

생도시절의 기억의 한 자락을 크게 차지하고 있는 것 중 하나가 하계군사훈련이다.

3학년 하계군사훈련을 위해 광주 송정리역에 하차해서 무거운 군장을 짊어지고 보병학교로 향했다. 내무반은 상상했던 것보다는 괜찮았지만 부족한 식수가 문제였다. 더군다나 여름휴가를 다녀와서 곧바로 시작된 훈련이라 흐트러진 마음을 잡느라 다들 애를 먹었었다.

땀띠와 모기에 시달리며 한밤을 자고 나면 시트까지 흠뻑 젖곤했다. 생각만 해도 아찔하고 고달팠던 시간이었다.

2주차에 무등산을 넘어 동복유격장을 갈 때는 이글거리는 지열 때문에 숨조차 제대로 쉬지 못해 쓰러지는 생도까지 속출했다. 지난 1주간의 지옥 같은 체력단련이 정말 수월한 시간이었다는 생각이 들 정도였다.

유격훈련의 진면목은 주간에는 취침, 날이 저물면 시작되는 올

빼미 생활이었다. 텐트 1장과 모포 1매로 숲속의 찬 이슬을 맞으며 자야 했던 밤들은 지금 생각해도 아련한 꿈같다.

모든 시련의 훈련이 끝나고 하산해서 털털거리는 트럭에 기분 좋게 올라탄 것도 잠시, 트럭은 30분 이상 달리지 못하고 연이어 펑크가 나고 엔진도 고장 났다.

정비를 위해 서 있을 때 사이다와 하드를 먹어가며 먼지 속의 도로 위에서 목이 쉬도록 유행가를 불렀다. 장시간을 합창하고 나니 레퍼토리도 바닥나고 기력도 고갈되어 목이 쉬어버렸다.

생노 2학년 유격훈련장에서

진원에서는 특공대 훈련을 받았다. 전술 훈련의 변형이라 힘들기 보다는 오히려 묵었던 피로가 풀리는 기분이었다.

야간에는 귀신 숲을 지나가는 담력배양교육이 특히 기억에 남는다. 극도로 긴장된 마음으로 좁게 뚫려있는 코스를 걸어가다가 산모퉁이를 도는 순간 판초 우의의 '검은 박쥐'가 습격하자 괴성을 지르며 달려들어 발길질을 했다.

귀신 역할을 맡은 조교들이 위장을 하고 나타난다는 것을 알면서도 동기생들은 죽음과 맞서 싸우기라도 하듯 자신도 모르게 비명을 지르고 붙잡고, 도망가고 했는데 나 같은 경우는 달려들어 발길질을 했었다. 얼마나 긴장했던지 아마도 쭈뼛 일어선 머리카락 때문에 전투모가 5센티는 높아졌으리라.

바위 뒤에서 뛰어 나오는 허수아비의 포옹에 또 다시 놀라고, 갈기갈기 찢긴 요괴의 희롱을 받고 나면 "73번 화랑동굴 도착 끝!" 하고 동굴 입장 지시를 받는다. 납작하게 엎드려 기기도 하고 거꾸로 떨어지기도 하면서 모형 관이며 해골이 굴러다니는 질퍽한 굴속을 더듬어 갔다. 옆으로 뚫린 머리통 하나만한 구멍에 기어들기도 하며 10여 분의 고생 끝에 돌아 나오면 온 몸은 땀과 흙탕에 범벅이 되어 있었다.

'휴, 이제 끝났다.' 하는 안도감으로 산을 내려오고 있는데 걸레를 걸친 써늘한 기분을 안겨주는 제4의 사나이를 만나 괴성을 질렀다. 앞서간 동기생들이 숲속에 숨어 있다가 뒤따라오는 동기생들을 습격하기도 했다.

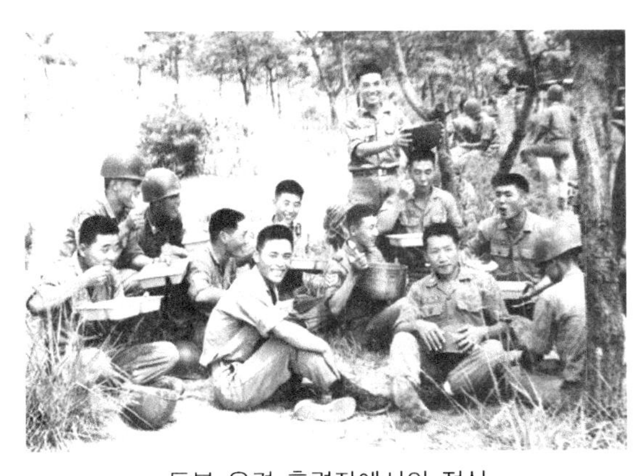

동복 유격 훈련장에서의 점심

이런 다이내믹한 하계군사훈련을 하면서 인간의 환경적응 능력은 참으로 다양하다는 생각이 들었다.

교정에서는 작은 흙탕물에도 인상을 찌푸렸었지만 이곳에서는 어떤 곳이든 아무데서나 누울 수 있고 화장실 옆에서도 맛있게 식사를 하며 밥 속에서 벌레를 몇 마리씩 건져 내면서도 밥알 하나를 남기지 않았다.

생도 2학년 부사관학교에서

태어나면서부터 귀족이 있을 수 없고 마찬가지로 천인이 있을 수 없다. 사람마다 저항에 버틸 수 있는 능력에 차이가 있어서 그에 따라 패배자와 승리자가 결정된다. 승리자는 인생을 즐길 수 있으며 패배자는 대인관계에서도 열등에 빠지고 실패로 번민의 날을 지내야 한다.

농촌에서 보리알만 씹으며 살던 생도들이나 자가용의 푹신한 쿠션에 몸을 맡기던 생도들도 모두 같은 환경 속에서 똑같은 저항에 대항하던 시절이었다.

출발할 때는 스스로에게 '인격수양'과 '생활에 충실'을 다짐하고 떠났지만 돌아올 때는 친구들과의 두터운 우정을 얻게 되니 더

바랄 것이 없었다.

　어떤 극한의 환경도 인간의 강인한 의지 앞에는 굴복할 수밖에 없다는 사실을 배우게 해 준 하계군사훈련, 지금 다시 해보라고 한다면 '정말 그 때만큼 할 수 있을까?' 하는 생각도 들지만 내 인생에서 나의 한계를 뛰어넘는 경이적인 순간 중 하나였다.

생도 3학년 공수훈련

천주교 부장생도

내가 신앙을 갖은 것은 어렸을 때뿐인 것 같다.

생도시절에 부장생도라는 중책을 맡다보니 해야 할 책임에 치여서 절대적인 신앙심을 갖지는 못했던 것 같다.

"큰 잔치에 먹을 것 없다."는 말이 있듯이 학교 행사에 쫓기며 여러 가지 근무까지 감당하다 보면 좀처럼 사색할 만한 깊이 있는 시간은 주어지지 않았었다.

처음 천주교부에서 활동하게 된 때를 회상해 보면 재미있다. 과외활동 부 편성을 하는데 어느 부인지는 몰라도 인원수가 초과했다고 밀려나서 어쩔 수 없이 선택한 것이 천주교부였는데, 지금 생각해보면 이러한 선택도 어쩌면 신의 뜻이었는지도 모르겠다.

처음 천주교부에 들어갔더니 2학년이 나 혼자뿐이었기 때문에 곧바로 간사 책임을 맡게 되었다. 부 활동을 하면서 단독군장과 호출도 여러 번 있었는데 주에 한 번은 거르지 않고 참석했다. 나는 내가 맡은 일에 대해서는 제법 성실한 편이어서 여기서도 노력을 아끼지 않았었다.

이렇게 천주교부 활동을 열심히 하다 보니 정 신부님을 알게
되고 자주 만날 수 있는 기회가 많아졌다. 아마도 훈육관님 다음
으로 자주 만난 분이 있다면 정 신부님일거다.

3학년이 지나가자 부장을 누가 하느냐에 대해 논란이 많았다.
1학기 말부터 당시 부장
이었던 박승희 생도는 나
에게 한 번 생각해 보라
고 종용했다.

나는 부장직을 맡기에
는 부족한 점이 많다고
생각해서 아직 멀었다며
미적거리고 있었다. 2학
기에는 나의 성격이 부장

생도 4학년 성당 앞에서

으로서의 필요한 덕성과는 너무도 많은 차이가 있어서 못하겠다
고 실토를 했다.

물론 어떤 일이 맡겨졌을 때 그 일을 추진하는 것은 자신 있었
다. 하지만 신앙심도 부족하고 덕성도 모자라는 터에 그런 중책
을 갖게 된다는 것은 육사의 천주교를 위해서는 결코 이로울 수
가 없다고 생각되었기 때문에 피할 수 있는 데까지 피했다. 그래

서 박 부장도 역시 다른 생도 중에 적임자를 찾으려고 알아보았지만 결국 부담스러운 짐이 내 앞에 놓이게 되었다.

부장생도를 맡고 첫 사업은 생도들에게 세례를 주는 일이었다. 영세자들을 위한 교리연구를 위해서 적절한 장소를 마련해야 했고 생도들이 참석할 수 있도록 여러 가지 여건을 갖추기 위해 노심초사 했다.

최종적으로 세례를 받는 생도는 50여 명이 되었고, 여기에 맞춰 구체적인 행사계획을 세워나갔다.

그런데 견진성사(영세받은 신자가 더욱 굳건한 믿음을 가지도록 주교가 신자의 이마에 성유를 발라주는 성사)와 졸업환송 미사가 겹쳐서 준비하는 것이 쉽지 않았다. 성당의 규모도 문제였고 하나하나 챙겨야 할 것들이 많다보니 주체할 수 없도록 할 일이 많았다. 그래도 다른 사람이 보기에는 순조롭게 행사를 마치고 나자, 온 몸에서 힘이 다 빠져나가 밤 12시가 되도록 허탈하게 성당에 남아 있다가 돌아왔었다.

다음으로 내가 추진했던 것은 기초군사훈련 기간 중에 신입생들에게 포교활동을 하는 것이었다. 천주교는 언제나 수적인 면에서 열세였지만 이번에는 우리들의 열정에 하늘도 감동했는지 1/3이 넘는 숫자가 참석하는 감격을 누리기도 했다.

그들의 마음에 보답하기 위해서라도 마음으로나 육체적으로 진정한 도움이 될 수 있도록 노력해야 했었다.

고달프던 기초군사훈련 중에 성당을 찾았을 때 성모마리아의 두 손을 모은 모습을 보고, 안도하며 마음을 쓸어내렸던 소중한 기억을 그들도 알 수 있기를 바랐다.

천주교 부장생도로서 겉모습은 최선을 다하는 모습이었지만 과연 나의 내면의 모습은 어떤 모습이었을까?

먼 훗날 어떤 사람이 장군이 되거나 장관이 될 때, 또는 학자나 부자나 대통령이 되었다고 해서 그 사람이 이루어낸 자리 때문에 사람으로서의 구실을 다했다고 말할 수는 없다.

사회적으로 인정받는 위치에 오르게 된다는 것은 분명히 그 사람의 노력의 산물이지만, 그것은 어떤 면에서 삶을 살아가는 기술에 속하는 것이라고 생각된다.

인생을 하나의 예술이라고 말하듯 인생을 걸작으로 만들기 위해 고도의 기술이 필요한 것은 사실이지만, 그렇다고 해서 인생살이에 필요한 이러한 기술이 우리 인간 생활의 목적으로 변질되어서는 안 된다.

어떠한 목적을 달성하기 위해 부당한 수단과 방법을 정당화시켜서는 안 되듯이, 마찬가지로 소위 출세를 위해 불의한 기술을 정당화시켜서는 안 된다.

부정한 방법을 사용해서 목적을 달성한 사람보다는 정상적인 방법을 사용하다가 목적을 달성하지 못한, 말하자면 '의를 위한 패배자'를 나는 더욱 존경하고 사랑한다.

4학년 졸입 미사

준비된 마무리

생도 4학년이 되는 새해 아침, 1년 후에는 이곳 생활도 끝이라는 생각이 들자 말로 다할 수 없는 만감이 교차했다. 1973년의 모든 시간이 한순간에 지나가 버린 듯 허탈하게 끝났고, 남아있는 것은 이제 일 년에 불과했다. 누구에게도 원망할 수 없는 후회스런 지난 시간들이 무겁게 마음을 눌렀다. 1년 후 생도 신분이 끝나면 다른 대학생들처럼 개방된 생활은 아니어도 내게는 한없는 자유의 보고가 기다리고 있었다.

스스로의 삶에 만족하면서 내가 지금 하고 있는 일에 충족되어 있기 때문에 더 이상 어떤 것도 필요하지 않았었다. 하지만 아쉬운 것은 그 중에 무엇 하나 꼬집어 말할 수 있는 어떤 것이 없다는 것이었다. 그래서 4학년 첫 날을 맞아 이전의 후회와 아쉬움을 접어두고 정말 손에 잡히는 어떤 목표를 세우고 실천해가고 싶었다.

- 가치 있는 상급 생도로서의 지휘근무를 하고 싶다.
- 자신이 걸어야 할 제복의 푸른 길에 의지를 쌓으리라.
- 좌절하지 않고 극기를 거듭한다 하더라도 결코 물러서지는 않으리라.
- 내 인격의 완성을 위한 노력을 기울이겠다.
- 좀 더 개방적이고 이해심 있는 사람이 되겠다.
- 친구들에게는 더욱 두터운 우정을 쌓겠다.
- 학과에서도 전공분야에서는 A학점을 받겠다.
- 휴일이면 성당 일에 충실해 보겠다.
- 알차게 활동함으로써 부흥될 수 있는 육사 내에 천주교회를 세우리라.

이러한 결심들을 매순간 최선을 다해 실천한 다음에는 어떤 미련도 갖지 않겠다고 다짐했다. 내가 가진 전부를 던져서도 소득이 없다면 이것을 단념하든가 아니면 새 길을 열어가야 한다고 생각했다.

집안에서도 이제는 내게 충고를 줄만한 사람이 없다는 것을 느꼈으니 이제 자신의 힘에 의해서 매사를 결정했다. 쓸데없이 몸이 아프다거나 하는 신상의 문제 등 불필요한 이야기는 한 마디도 하지 말아야겠다. 오직 사랑하는 가족으로서의 정을 잃지 않고 살아가는 것으로 만족하자. 가족들은 내가 가고 있는 이 길에 대해서 사실 가장 많은 관심과 애정을 가진 사람들이지만 그러면서도 내 길을 잘 모르고 있다. 우리 집안에서 군인의 길을 걸은 사람은 한 사람도 없었다. 우리 가문에서 군인의 길이라는 것은 스스로 개척해야 할 미개척지였다.

　지금 생각해보면 생도시절을 마무리하는 4학년을 시작하는 출발점에 서서 한 해를 막연히 시작하지 않고 하나하나 준비했던 것처럼 어떤 일을 시작하면서 마무리하는 순간에 결코 후회하는 일이 없도록 준비했던 습관들이 오늘의 나를 있게 했던 또 하나의 힘이었다.

명예와 양심

4학년 생도생활을 하면서 1학기 때는 12중대 중대장 생도를 하고, 2학기가 되어서 중대 명예위원장 생도가 되었다.

하루는 후배생도가 양심보고를 하러 왔는데 외박을 나가서 애인과 키스를 했다는 보고였다. 나 자신도 경험이 없는 일이고 3금(금혼, 금주, 금연)을 철저히 지켜야 한다는 전통을 가지고 있으니 금혼의 범주에 키스가 되는 것인지 안 되는 것인지 기준이 없어서 할 말을 잃고, "정말 키스밖에 안 했냐?" 하고 묻자 머뭇거리던 후배가 애인이 지방에서 서울로 상경해서 만났는데 데이트 시간이 길어져 막차를 놓쳐서 함께 여관에서 잤다는 것이다.

참 난감한 일이었다. 또 다시 질문을 던졌다.

"그냥 잠만 잤냐?"

"……."

"그냥 잠만 잤어?"

"아닙니다. 그냥 자려고 했는데 선을 넘었습니다."

이제부터는 내가 고민할 차례였다. 이 사실을 훈육관에게 보고해야 할 것인가? 보고하면 어떻게 될까?

결국 나는 양심보고를 한 것으로 하고, 훈육관께는 보고하지 않기로 마음먹었다. 그리고 다른 사람에게 이 일을 이야기 하면 너도 퇴교 당하고, 나도 퇴교 당하니 일체 말하지 않기로 약속을 하고 돌려보냈다.

그 일이 있고나서 난 명예라는 말에 대해 다시 생각해보게 되었고 이렇게 정리했다.

생도 생활을 하다보면 가장 많이 듣는 말 중의 하나가 '명예'라는 말이다. '명예'라는 말은 어떤 의미일까? 국어사전에서 찾아보니 '자랑'이라는 두 자로 표현되어 있다.

같은 생도 중에는 이런 표현을 하기도 했다. "하늘을 보고 땅을 봐서 부끄러움이 없는 것이다." 참으로 소박하고 유머러스한 표현이 아닐 수 없다. 그러나 엄중히 말해서 과연 신 앞에 부끄럽지 않은 인간이 어디 있을까?

물론 그 의미는 전혀 부끄럽지 않다는 절대적인 상태가 아니라 그에 가깝게 근접해 가라는 내용일 것이다. 절대적인 의미를 부여한다면 결코 적절한 표현일 수 없을 것이다. 그만큼 우리는 부족한 인간들에 불과하기 때문이다.

그렇다면 인간이 지닐 수 있는 명예란 무엇일까? 국어사전의 표현 그대로 '자랑'이라고 한다면 너무도 함축시킨 것 같아서 아쉬운 점이 있다.

일반적으로는 남에게 자랑할 수 있는 것이고, 어딘가로 통하는 욕망의 한 부분인 것으로 이해할 수 있다. 구체적으로는 사회적인 지위와 권위를 뜻한다고 볼 수 있다.

사실 생도 시절의 우리들에게는 너무나 자주 듣고 많이 접촉하는 말이기 때문에 좋은 의미보다는 중압감을 주는 말이었다. 수많은 의미 해석이 있지만 공통성을 따진다면 긍지, 결백, 인격, 신념, 청백 등의 의미를 찾을 수 있을 것이다.

마치 하얀 백지가 드넓은 푸른 잔디밭에서 더욱 눈에 드러나듯이 어떤 상황과 조건이냐에 따라 뚜렷하게 부각될 수 있는 요소를 지닌 것이 바로 명예의 특성이 아닐까? 특히 생도 생활 중 어느 것 하나도 빼놓지 않고 모든 것에 적용되는 말이라 해도 과언이 아닐 것이다. 다른 추상적인 말이 그렇듯이 개인

생도 3학년 태릉스케이트장에서

이 생각하는 수준에 따라 차이가 있기 때문에 특정한 기준점도 없다. 누구에게는 평범하게 받아들여지기도 하고 또 어떤 사람에게는 심각하게 받아들여지기도 할 것이다.

'명예'라는 단어처럼 자주 듣는 말이 또 하나 있다. '양심'. 이 말은 명예라는 말보다는 일반 사회에서도 많이 사용되는 단어이기 때문에 친근하고 구수한 단어이다. 흔히 '양심이 있으면 운운'하는 말을 자주 듣는데 우리 마음속에 내재하는 선심(善心)에 관한 말인 것 같다. 마치 그물에 고기가 걸리듯, 어떤 행동을 하는 데 거리끼고 걸리는 어떤 것이라고 생각할 수 있을 것이다. '명예'가 고차원적인 말이라면 '양심'은 좀 더 기본적인 근본성을 의미하는 것이다. 눈에 드러나지 않는 보이지 않는 구조 속에서 비롯된 수동적인 성격을 가지고 있는데, 마치 심의 기관 같은 기분이다.

이 양심이 확고해야만 명예에 대해서 이야기 할 수 있을

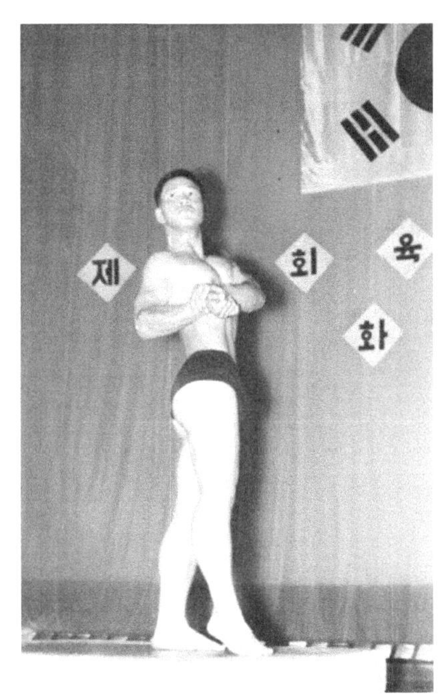

생도 3학년 육체미대회에서

것이다. 왜냐하면 양심은 마치 건물의 기초공사 같기 때문이다. 양심이 없는 일시적인 명예심이란 순간적인 감정으로 비롯된 알맹이는 없는 껍질과 같고, 한 순간 허무하게 무너져 버릴 수 있다.

결국 군인에게 있어 '명예'란 내가 가고 있는 이 길에 대한 긍지로 생활하는 것이다. 단순히 내가 조국을 지키는 군인이라는 사실만으로 남들에게 당당함을 보이는 것이 아니라 우리 내면을 차지하고 있는 진정 군인다움이 무엇인지를 보여주는 청백함이 그 본질일 것이다.

단순히 불의한 것을 멀리하고 옳은 것을 행해야 한다는 가슴 속에서만 불타는 의지가 아니라, 그것을 생활 속에서 나타나게 하는 구체적이고 실천적인 것이다.

매순간의 생활 속에서 명예로운 인간으로 거듭나기 위해 자신을 채찍질하며 실천해 가는 내가 되기를 소망해 본다.

하느님의 뜻

생도 4학년 2학기부터 함께 한 신부님께서 자주 입에 올리시던 말이 '하느님의 뜻'이었다. 그래서인지 나도 그 뜻이 불현듯 궁금해졌다.

어느 주말 저녁 외박을 받아 집에 갔는데, 집에 들어서자 불은 등잔불이고 어머님이 잡수시는 듯한 탕약 냄새가 구수하게 나고 있었다. 냄새는 구수했지만 왠지 모를 침울한 분위기가 집안 전체에 흐르고 있었다.

그 전 주말에는 주말 퍼레이드를 하지 않아서 외박 금지령이 내려졌기 때문에 집에 올 수 없었는데, 그 사이에 어머니의 병은 더 악화되었고, 구차한 살림살이 역시 더욱 쪼들려 있는 모습이었다. 동생은 내가 들어서자 건넛방으로 가버렸다.

조만간 학교를 입학하려면 책값과 등록금이 필요했기에, 그동안 내가 푼푼히 모아 보내드린 1만 7천여 원을 동생에게 찾아오라고 했었는데 그만 차에서 도둑을 맞아, 면목이 없어 들어오지 못하는 동생을 아버지께서 겨우 찾아 밤 9시가 넘어서야 데려오셨다. 엎친 데 덮친 격으로 편찮으신 어머니의 약값이 푼돈을 축내고 직장을 갖고 있는 누나와 동생은 불경기에 형편없는 대우를 받고 있었다.

이런 상황에서 내가 할 수 있는 것은 그저 웃는 것뿐이었다. "그까짓 돈 이만 원도 되지 않는 걸 가지고 상심마세요." 하고 큰 소리는 쳤지만 내가 주머니에 그 정도 돈을 넣어 본 적이 있나? 다른 때와는 달리 저녁밥 맛이 영 나지 않았다. 하지만 그런 마음이 행여 들킬까봐 허겁지겁 며칠 굶은 사람처럼 먹고 나서 트림을 하니 이전보다는 분위기가 나아지는 것 같았다.

이젠 어머니의 마음을 위로할 차례였다. 어떻게 설득할까하고 고민하고 있을 때, 퍼뜩 '이것도 모두 하느님의 뜻일 겁니다.' 하는 신부님의 주문이 떠올랐다.

"잃을 돈이라면 어떻게 했어도 잃어버렸을 거예요." 이렇게 모든 것은 하느님의 뜻이라고 말씀드리기는 했지만, 사실 나도 마음속으로는 아직도 깊은 이해의 벽을 모두 넘지는 못했었다.

어려운 환경에서도 어머니께서 3년 동안이나 절약하고 또 절약해서 모은 돈을 왜 그토록 쉽게 빼앗겼어야 했을까? 매사에 순조로운 성사가 아니면 "하느님이 알아서 해주시리라." 하던 신부님의 말씀이 모호하기만 했었다.

오늘은 죽지 않을 것이라는 막연한 기대 속에 하루하루를 살아가는 사람들을 보면 역시 하느님의 존재를 믿건 믿지 않건 간에 모두다 절대신을 의지하고 있는 것은 아닐까?

어떤 일이 성취되기를 간절히 바라며 합장한 신자들의 모습이 진실된 모습이 아닐까? 자신들의 모든 노력과 정성을 쏟은 다음에는 이제 내가 할 수 있는 더 이상의 노력이라면 그 결과가 잘 되기를 바라는 마음뿐인 것 같다.

하지만 인간의 욕심은 무한하기 때문에 그 바람만으로는 부족함을 느낀다. 반드시 하느님의 그 큰 뜻 속에 내가 바라고 원하는 결과가 이루어지기를 빈다.

빗발 같은 파편과 총탄의 난무 속에 버티고 서있는 병사가 바랄 수 있는 건 아무것도 없다. 파편이 병사를 피할 수도 없는 것이다. 다만 작은 불침범 지대에 병사가 놓여 있어야 한다. 그 지대를 감별 할 수 있는 사람은 없다. 신조차도 모르리라고 억측해 본다. 다만 절대자의 뜻에 맡긴 채 존재할 뿐인 것이다.

우리의 생활 속에 수많은 일들이 발생하고 있다. 때론 돌발적인 사고에 의해 수많은 인명손실을 볼 때도 있다.

역시 우리에게 자연성을 침범하거나 통제할 권리는 주어져 있지 않다. 오직 인간의 능력 범위 내에서의 최선이면 그만이다. 이렇게 보면 모든 것이 우리의 뜻이라기보다는 그렇게 이루어지는 자연성이다.

이 부드럽고 흠집 없는 흐름이 하느님의 뜻이 아닐까? 우리가 보고 느끼기에는 불가사의하다거나 상상외의 일이라 해도 그것은 보다 큰 섭리 속에서는 순조로운 흐름일 것이다.

나는 우리의 영역에서는 충실하다. 다만 모든 것을 아우를 수 있는 신의 영역에 대해서는 다만 하느님의 뜻에 맡길 뿐이고 이 때에는 인간의 범주의 노력을 끝내고 휴식하며 잠을 청하는 것뿐이다.

두 손을 모은 채 말이다.

Ⅲ · 멧돼지라 불렸던 시절

김재익 대대장과 함께

영천을 정리하며

3사관학교 생도대에서 훈육관 임무를 수행하던 일을 떠올려본다.

한여름 더위 속에 가방 하나들고 시작했던 훈육관 생활을 만 1년 만에 마치던 날, 수없이 많은 일들을 겪고 이제는 홀가분한 마음으로 모든 것은 과거의 추억으로 묻어버리고 이곳에서 얻은 것을 바탕으로 앞으로의 근무에 교훈으로 삼으며 살아가리라고 다짐했었다.

처음 훈육관을 시작할 때는 숙소가 없어서 부대 근처 여관을 전전하며 보내다가 16기 생도들의 기초훈련을 맡으면서 시작된 근무는 힘에 부치고 육체를 깎는 각고의 날들이었다. 장차 군을 이끌어 갈 후배장교들을 양성한다는 사명감에 불타 모든 것을 감수하고자 했었다. 새로운 환경에 부딪칠 때마다 과거의 고정관념 때문에 진통을 겪었듯이 많은 것을 희생했어야 했다.

하지만 돌이켜보면 그 시절의 보람은 말로 할 수 없는 소중한 것들이었다. 전방 야전군과는 전혀 색다른 분위기, 그리고 항상

대위로 진급하던 날

강조되는 모범적인 생활태도, 후배들을 지도하기 위한 자신의 수양, 젊은 생도들과의 생활 속에 얻는 신성한 신선미, 자신의 신변을 스스로 정리하며 살아야 하는 부지런함 등 참으로 내게는 정말 필요한 삶의 요소들이었다.

마음을 터놓을 수 있었던 친구들을 만났었다는 기쁨도 있었다. 영재, 희만, 영택 모두 내게는 값진 벗이었다.

처음으로 모셔보는 직속상관 선배 밑에서 항시 이로운 충고를 아끼지 않고 정에 치우치지 않도록 일깨워준 이성우 소령님께도 정말 감사한다.

성격상의 차이로 인해서 딛고 일어서야 했던 수많은 갈등들은 자신의 아집을 깨야 하는 새로운 생활태도를 갖게 하였고, 정신적으로 나를 지탱해주던 신앙도 내게는 많은 변화를 주었다. 절제력이 없어서 건전하지 못했던 생활태도들도 신이 내게 가까이 있음을 깨닫게 되자 그것들을 억제하며 살아갈 수 있었다.

후방지역이라는 좋은 지리적 여건 덕분에 다양한 사회의 모습들과 접할 수 있었던 것도 빼놓을 수 없는 행복이었다.

후보생을 지도하면서 인간성이라는 것 즉, 인격이라는 것은 지식에서 얻어지는 것이 아니며 오히려 어설픈 지식은 거꾸로 자신의 인격에 손상을 입힐 수 있다는 것을 보았을 때 참된 인간다움이라는 것은 결코 쉽게 형성되는 것이 아니라는 깨달음도 얻었다.

개인적으로 누릴 수 있는 많은 시간을 통해서 책도 다양하게 읽을 수 있었던 것도 많은 도움이 되었는데 앞으로 어디에서 근무하더라도 이만큼 공부 할 수 있는 여건이 없을 거라는 생각에 더욱 박차를 가했던 것 같다.

물론 회식자리에서 취중의 울분 발산은 전 학교에 퍼져 주당이라는 낙인을 받게 되어 명예롭지 못한 캐리어를 남긴 쓴 기억도 있었다.

하지만 과거의 경험은 경험일 뿐, 묵은 기억들을 훌훌 털어 버리고 새로운 출발을 향해 더 힘차게 떠나야 하는 것이 우리 군인의 숙명이라는 생각이 든다.

원망 할일도 없고 미련을 남길 일도 없다. 평범하게 그저 떠날 뿐이다. 웃으며 떠나리라.

군인의 추석

8월 한가위! 자연의 섭리로부터 얻을 수 있는 인간의 땀의 대가에 대한 제전이다. 조상의 묘를 찾아 성묘하며 감사하는 것은 자연에 대한 감사의 표현이라 할 수 있을 것이다.

햇과일을 따고 햇곡식을 거둬들여 떡을 빚고 춤과 노래 속에 농주를 들며 한발과 가뭄과 장마태풍 병충해를 딛고 일어선 승리의 승전고를 벌판에 펼치는 것이 추석이다.

현대라는 시대가 낳은 도시라는 군집생활은 이러한 의미보다는 공휴일이 늘었다는 것 외에 일부에서는 남들이 하니 나도 한다는 식의 본질에서 벗어난 모습마저 낳게 만들었다.

그러나 젊은 사람이건 늙은 사람이건 고향을 찾고 부모를 찾고 조상을 찾는다는 것은 우리 민족의 오랜 역사 속에 수없이 반복된 행사로서 이제는 본능적인 잠재의식이 되어버린 것이다.

도시의 공해 속을 헤매다가도 하늘이 높아지고 초저녁에 느끼는 한기를 몸에 받으며 하늘 높이 솟아 있는 달을 보노라면 자신도 모르게 귀향욕을 느끼게 된다.

까마득히 잊었던 마을 앞 벌판을 생각하게 되고 흙투성이가 되어 뒹굴며 함께 뛰어놀던 앞뒷집의 옛 친구들의 소식이 그리워져 가을 하늘에 고추잠자리 날아들 듯 옛 생각에 빠져버리고 향수를 갖는 것이다.

매표 첫날에 하향열차, 고속버스표가 매진된다는 것은 우리 민족의 막을 수 없는 본능인 것이다.

가을은 언제든지 인간을 선량하게 만든다. 내 것이 아니라도 온 벌판에 익어가는 벼가 바람에 일렁이며 파도치는 양을 볼라치면 그 자체가 내 자신의 풍요로 전이된다.

또한 산골짜기마다 단풍이 물들고 황홀하리만치 현란해지는 수목의 색색을 보노라면 그 위대한 신의 뜻에 고개 숙이게 되고 사악한 마음도 사그라진다.

소녀의 애닲은 감상과 시인의 명작도 이 풍요로움 속에 그 진수를 발할 수 있는 것이다.

사랑은 익고 수없이 오가던 밀어가 현실화되어 긴긴 여름동안 모아온 정기를 산고의 고통 속에 석류 알이 드러나듯 아름다운 새로운 생을 창출해내는 것도 이 가을이다.

비오는 밤의 방황도 찻집의 고독, 기다림, 다툼 모두 모두 승리의 쟁취를 위한 과정이었고 추억으로 돌려질 수 있는 인생의 역사가 되어 스크랩북 속의 한 페이지가 되는 것이다.

이 가을에 얻지 못하는 자는 불행하달 수 있고 고독을 지녀도 좋다. 창가의 풀벌레 소리를 들으며 잠을 못 이뤄도 좋다. 그것을 향유할 수 있다는 것은 또 다른 가을을 준비하는 꿈이 될 것이다.

고향을 찾지 못하는 망향인이어도 좋다. 그들의 고향은 언젠가 찾아와서라도 안주할 것이다.

평가의 열매

22연대에서 3중대장 임무를 수행한지 3개월쯤 지났을 때였다.

중대장을 시작한 지는 얼마 되지 않았지만 그 짧은 3개월 동안 참으로 많은 일들이 지나갔다. 집에서는 동생 지호를 대학에 입학시키고 어머니 환갑잔치도 해드렸다. 나도 변변치는 못하지만 적은 액수나마 송금할 수 있었다는 것과 부모님 모두 무고하시다는 것에 많은 위로를 받았다.

중대장을 시작할 때 '싸워서

이기는 중대'라는 슬로건을 내 걸고 최선을 다한 결실이 이루어지기라도 하듯 자격사격에서 85.08%라는 높은 명중률로 연대 1위를 했다.

하지만 중대 전투력측정을 받으면서 내 자신의 부족한 부분도 여실히 드러났다. 우선 세부적이고 사소한 부분까지 관심을 두고 체크하지 못한 계획의 허술함과 감독이 소홀했다는 점, 그리고 병사들의 생각이 어떻다는 것을 충분히 파악하지 못했던 것과 훈련을 시킬 때 실전적인 전술조치를 발전시키지 못했다는 점들이다.

전투력 측정과는 무관하지만 중대장을 하면서 대인관계에서도 부족한 점이 많았던 것 같다. 상급자에 대한 예의

3사단 수색 2중대장 시절

가 부족했고 부뚝뚝한 성격이 많은 장애를 조래하고 있는 것을 스스로도 느낄 수 있었다.

모든 평가가 그러하듯이 어떠한 시험을 치루고 나면 자신이 잘하는 것을 인정받았다는 기쁨도 있지만 스스로 알지 못했던 부족한 점을 발견하고 좌절하기도 한다.

하지만 나는 경우에 따라서는 절대 인정하고 싶지 않은 결점이라도 일단 이러한 부분이 드러났다면 다시는 같은 이유로 지적받거나 실수하지 말아야겠다고 다짐하고 고쳐가기 위해 많은 노력을 했다.

몸에 좋은 약이 쓰듯이 평가의 열매 역시 냉정하다는 사실을 생각하면서 언제 그랬냐는 듯이 툴툴 털고 일어서서 다시 새로운 시작이라는 기분으로 결승점을 향해서 더욱 힘차게 달려 나가야 한다.

자, 기호야! 힘을 내자!

중대장의 기도

나는 보았습니다. 주님의 뜻이 어디에 계신가를.

우리의 작은 소망을 모두 들어주시고 안식 속에 머물게 하고자 이 지상에 내려져 있는 주님의 손길을 알게 되었습니다.

나의 사랑하는 병사들과 가족, 그리고 나의 연인에게 무엇을 베풀어 주실 것인가를 알고 있습니다.

진정의 아름다움과 평화를 위한 기도는 어느 하나도 버리지 않으시고 이루어 주심을 믿습니다.

우리 인간의 의지는 결국 주님의 뜻으로 이루어지심과 같이 그 길은 결코 주님이 닦아 주심을 압니다.

DMZ 수색 작전중

고통은 스스로에서 탄생하고 그 아픔은 스스로의 자각증세일 뿐이지 결코 남의 뜻이 아니며 자신이 생산하고 자신이 키우며 자신이 열매 맺고 혹은 파괴합니다.

주님! 주님의 위대함이 제게 있으며 진실된 마음마다에는 진데굿은 데를 가리지 않고 어디든지 존재하심을 알았습니다.

주님은 제 뜻을 아시고 그 뜻이 아름다울 때는 조금도 버리지 않으시고 들어주심을 믿어 의심치 않습니다.

당신의 늑골에 손을 대지 않아도 당신의 기적을 보지 않아도 인간된 속성은 이미 그 모두를 알고 있습니다. 다만 스스로가 믿으려 하지 않고 배척하고 속된 인성 속에서 싹트는 욕심으로 해서 그것을 감시하지 못할 뿐입니다.

저를 이곳에 보내주심을 감사하며 제게 남다른 일을 맡겨주심을 진심으로 감사할 뿐입니다.

주님의 뜻에 따라 지휘함으로써 모든 것이 이루어지고 그 속에서 주님의 종으로 존재함을 앎으로써 인간의 존재성을 감사할 뿐입니다.

주님께 기도드리오니 제가 지휘하는 우리 중대의 무사형통이 주님 손길에 달렸으니 주님을 믿는 제게 그 빛이 숨겨지지 않고 끊임없이 이어지리라는 것 알고 있습니다.

또한 제가 주님을 알게 하여 주신 저의 부모형제와 가족들이 주님 손길 속에서 보살핌을 받고 있음을 믿나이다.

그리고 나로 인한 고통에 잠 못 이루는 우리 가족들에게도 주님의 사랑이 너무 커서 그것을 감당키 어려우리만큼 축복받고 있는 가족들에게 고통에 비례할 수 있는 기쁨이 주어지리라는 것을 믿습니다.

당신의 자녀들에게서 거두어 주실 고통을 감사하며 그로인한 더욱 크고도 벅찬 감격과 행복으로 바꾸어 주실 것을 믿습니다. 다만 이제 부서지려는 저에게 부서지지 않고 견디며 인내하여 더욱 성숙되고 더욱 강건한 군인으로서 주님의 사랑을 넓고도 넓게 전할 수 있는 능력을 주실 것을 바라옵니다.

오늘의 이 어려움이 보다 큰 사랑으로 자라서 그 사랑이 따사로움 속에 이 겨울의 서리와 얼음을 녹이고 양지바른 곳에 끝없이 펼쳐지는 새싹과 꽃을 피우게 하소서.

자신의 피를 알고 뉘우치며 통곡하는 저를 돌보소서.

그리고 그 피를 모르고 잊고 사는 제게 그 고통을 덜어 주사 더욱 강하고 굳센 주님의 종이 되고 보지 못하던 부분까지 보게 하여 주옵소서.

주님의 천사가 마리아께 아뢰되 천사의 음성이 제게 이르게 하옵소서.

용서받는 자 되게 하시고, 고통받는 자 되게 하시며, 목말라 하고 두드리는 자 되게 하여 주옵소서.

 예수 그리스도의 이름으로 기도드리옵나이다. 아멘.

인연

피천득 시인의 수필집 중에서 1996년에 발간된 '인연'이라는 수필집이 있어 짬짬이 즐겨 읽는 데 이런 대목이 있다.

어느 날 여름 와수리의 비포장도로를 대위 한 명이 땀을 뻘뻘 흘리며 자전거를 타고 가고 있는데, 앞에서 먼지를 일으키며 황금색 라이트가 번쩍였다.

경광등에 소장 성판을 달고 지프차가 달려오자 대위는 놀라서 자전거를 멈추고 경례하려다가 그만 돌부리에 바퀴가 걸려 넘어졌다. 지나가던 지프차가 멈추더니 사단장님이 미소를 지으며 "중대장, 괜찮아?"라고 물으셨던 것이 박세직 장군님과의 첫 만남이었다.

그 뒤로 사단 사령부 연병장을 '쌍면 사열대'로 바꾸는 공사가 있어서 1개 중대가 차출되어 공사를 하게 되었는데 그 중대가 바로 우리 22연대 3중대였다.

1개월여 공사를 하고 마무리 되어가는 가을이었다. 사단 인사참모가

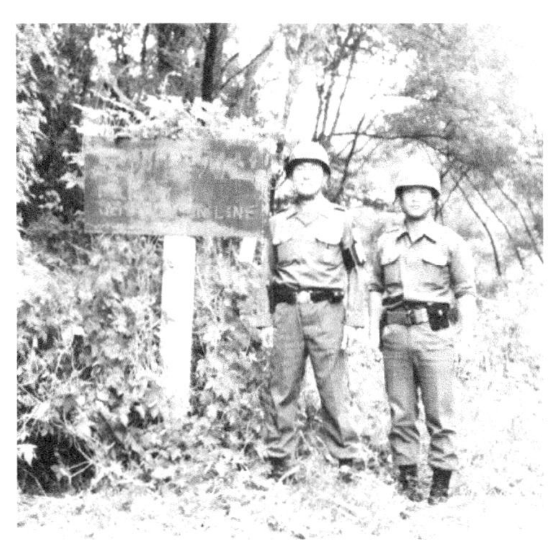

박세직 사단장과 군사분계선에서

찾는다기에 사무실로 가니 수색대대 2중대장이 OAC(육군 고등군사반) 교육 입교를 하는데 한 대위가 후임자로 선발됐다는 정말로 반갑지 않은 말을 들었다.

"제가 왜 가야 합니까? 저는 이제 중대장이 다 끝나 가는데 또 중대장을 하라면 어떻게 합니까?"

그러나 항의는 별 효과가 없었다. 육사 출신이고 중대장 경험이 있으며, 미혼이었던 나는 공사장에서 부하들과 아쉬운 이별을 하고 이불과 몇 권의 책 그리고 몇 벌의 전투복을 꾸려서 민간인이라고는 농사를 짓기 위해 민통선 안으로 들어오는 사람밖에 없는 철책 바로 뒤의 수색 2중대 본부로 갔다.

이것도 인연이겠지만 중대장으로 부임해 간 곳은 부모님께서 6·25전까지 조상 대대로 500여 년간 살았던 비무장지대 안에 있는 고향마을을 작전 책임지역으로 갖고 있는 중대였다.

1975년에 임관해서 오랜 군생활을 했지만 지금 생각해도 우연의 일치 치고는 너무도 인연이 닿은 곳이라 가슴 뭉클할 정도로 감회가 새롭다. 한탄강 상류 우측으로부터 오성산 좌측까지 GP (Greneral Post, 경계초소)를 5개나 맡고, 소대는 10개 소대를 지휘했으니 규모로는 대대 정도가 되었다.

중대장으로 부임해간 몇 달 간은 대부분의 동기생들이 중대장을 마치고 대학원 위탁교육을 간다든가 참모로 간다는 소식들을 대하면서 섭섭한 마음이 들었다. 하지만 수색중대장 근무에 재미를 붙이면서 내가 태어나지도 않았고, 와보지도 않았던 곳인데도 돌 하나, 풀 한 포기도 정이 가고 더할 수 없이 하루하루가 즐겁고 생동감이 넘쳤다.

소대장과 부사관들, 병사들 모두 사단에서 제일 우수한 사람들만 선발되어 왔기에 당장 전쟁이 나도 싸워서 이길 수 있겠다는 자신감이 들었다. 중대원 모두는 매일 매일 북괴군과 마주 대하고 있고 도처에 지뢰가 깔려 있어도 위험하다는 생각을 하지 않고 충성스럽게 임무를 수행했다. 그 당시 대한민국의 중대장을 통틀어도 나만큼 소신껏 부대를 지휘하고 자신감이 넘쳐 있었던 사람은 없었으리라. 비무장지대를 종횡으로 누비며 수색·정찰·매복·차단 등 끊임없이 주어지는 작전 임무를 즐거운 마음으로 수행했다.

사단장님께서도 자주 순시를 오셨고 항상 신뢰와 격려로 젊은 중대장에게 힘을 보태 주셨다. 지금도 기억에 남는 것은 GP에 근무하는 장병들을 위해 예하부대 병력을 투입하여 교대시키고, 휴전선 철책 바로 밑, 북괴가 빤히 보고 있는 곳에서 위문단을 불러 공연을 하고 회식을 베풀어 주시던 일을 생각하면 지금은 상상도 할 수 없는 최상의 배려요, 사랑이었다.

너무도 과한 격려를 받다 보니 겁이 없어져서 만용을 부린 일들이 수없이 많았으나 아직은 현역이고 장군이 된 처지라 자화하기는 시기상조라 여겨져 차마 여기서 밝힐 수는 없으나, 그 때 함께 비무장지대를 누비던 전우들을 생각하면 가슴이 뜨거워진다. 그래도 추억에 남았던 한 가지 회상해 본다.

철원지역은 추가령지구대의 시발점으로 서울까지 이르는 43번 도로를 따라 전차가 기동하기에 가장 좋은 곳이어서 지뢰지대를 수없이 만들어 놓은 곳이다. 그러나 세월이 흐르고 화공작전(관측이 잘 되도록 잡목을 소각)과 홍수로 지뢰지대가 많이 훼손되어 옛날 지뢰지대의 구형지뢰를 캐내고 신형지뢰를 다시 묻는 임무가 우리 중대에 부여되었다.

DMZ 수색정찰간 군사분계선에서

　모의지뢰를 만들어 지뢰 제거를 위한 교육과 예행연습을 수없이 반복하고 드디어 지뢰지대로 들어가는 날. 방탄조끼와 방탄하의, 지뢰덧신을 신고 뒤뚱거리며 작업에 들어갔다.

　모두들 처음 하는 일이고 지뢰가 폭발한다면 자신은 물론 근거리에 있는 전우들이 목숨을 잃는다고 생각하니 나부터 비장할 수밖에 없었다.

　책임지역에 들어가서 지뢰탐지기로 탐색을 하고, 긴 탐침봉으로 땅을 찔러서 감각으로 위치를 확인하여 캐내는 작업이었는데,

모두들 제자리만 찌를 뿐 앞으로 나아가질 않았다. 중대장이 아무리 독려를 해도 소용이 없었다.

며칠 작업을 했지만 진도는 지지부진하여 밤잠을 못 이루고 고민하다가 믿는 구석이 있어서 운명을 하늘에 맡기기로 했다.

나는 부하들이 모두 보고 있는 가운데 그 날 작업하게 되어있는 미확인 지뢰지대로 걸어 들어가서 "야, 오늘 오전은 여기까지다!", "작업 개시!"

물론 며칠 동안 관찰해보니 지뢰가 묻힌 곳과 없는 곳의 차이를 짐작은 했지만 등에서 식은땀이 흐르고 발목은 긴장해서 뻣뻣하였다. 하지만 덕분에 중대원들이 용감하게 지뢰제거 작업을 한 것은 물론이다. 조상님들이 도운 덕으로 한 건의 부상자도 없이 계획된 일정 안에 작전은 전부 마쳤지만 지금 생각해도 정신이 번쩍 든다. 내가 결혼을 해서 사랑하는 아내가 있고 올망졸망한 자식이 있었다면 아마도 그렇게 못했을 것이다.

이렇게 한편으로는 무모하고 터무니없는 행동도 했지만 그래도 우리 중대원들은 잘 따라 주었다.

수색중대장으로 부임한지 10여 개월이 지난 1980년 초여름 어느 날. 사단장님 전속부관을 뽑기 위한 면담을 하러 사단 사령부로 들어오라는 연락을 받고 대대장님과 함께 공관으로 가니 정원에 식사준비가 되어있었다.

식사를 하며 사단장님께서 그동안 중대장으로 수고했는데 함께 근무하자고 하셨다. 내가 "하고 싶지 않습니다." 하고 말씀 드리니 옆에 있던 비서실장님이 식탁 밑에서 발로 걷어차며 험악한 얼굴을 하셨다. 전임 부관은 나보다 4년 후배였고, 사단장 전속부관은 중위가 대부분인데다, 나는 중대장을 두 번씩이나 하였기에 마음 내키지 않았다. 그러나 결국 명령을 받고 이틀 후 사단으로 들어왔다.

사단장님은 상상을 초월할 만큼 부지런하시고 잠도 없으셨으며 체력은 젊은 장교들보다 강하셨다. 그래도 중대장의 견장을 달고 자기가 뜻하는 대로 행동하다가 모든 것을 사단장님께 맞추어서 사고하고 행동하려니 처음에는 적응을 못해 하루하루가 너무 고단하고 피곤하였다. 그러나 차차 생활에 적응하면서 모시다 보니 부대를 위해 전심전력 하시는 모습과 부하를 진정으로 사랑하시며 하루도 거르지 않고 영어회화 공부하시는 모습에 진심으로 존경하는 마음이 생기게 되었다.

나의 군생활에 가장 훌륭한 스승을 만났다는 생각에 보람을 느끼며 사단장님이 부대를 지휘하시는 데 조금이라도 부족하지 않도록 잘 모시려는 마음을 갖게 되었다.

사단장님은 영어공부를 위해 매일 아침 7시 AFKN 뉴스를 들으셨다. 그런데 최전방인데다 라디오 성능이 좋지 않아 사령부 뒷산에 있는 무선중계소에 가서 소형녹음기에 녹음해 갖고 와서 사령부 전 간부가 구보를 할 때 녹음기에 넣어 드리면 신수리까지 헤드폰을 착용하고 사단장님께서 제일 앞에서 구보를 하셨다.

그런데 이 뉴스를 준비해 드리는 과정은 단 1분이라도 오차가 생기면 안 될 만큼 빠듯한 시간이라서 녹음은 잘 되었는지, 시간에 늦지는 않을지, 녹음기는 잘 작동이 되는지 등 매일 아침 가장 긴장하고 조바심 나게 했던 기억이 지금도 생생하다.

또 새벽이면 GOP(General Outpost, 일반전초) 순찰을 나가시는데 말이 새벽이지 캄캄한 밤중에 사령부를 출발해야 여명에 GOP에 도착할 수 있었다. 사단장님은 밤새워 근무한 꺼칠한 병사들의 손을 일일이 잡으시며 격려하시다가 중대 본부에 들러 라면을 함께 드셨다. 사단장님과 함께 먹던 그 라면은 평생 가장 맛있는 라면 맛이었다.

이렇게 3개월 정도 사단장님을 모시고 근무하던 중 사단장님이 수경사 사령관으로 영전하시게 되어 비

수경사 전속부관 시절

서실장님과 함께 서울 필동 사령부로 전근가게 되었다.

임관 이후 최전방에서만 생활하다 돌아온 서울은 별천지였다. 당시는 12·12 사건이 일어난 후 일 년이 채 안 된 때이고, 전임 사령관이 노태우 전 대통령이셨다. 부대원들은 사기가 충천하였지만 민간인 눈으로 보면 오만해 보이기만 할 때였다. 또한 수경사라는 위치가 오직 군의 임무에만 전념할 수 있는 여건이 아닌 혼돈의 시대에 일정한 몫을 해야 하는 정황이었기에 정계, 재계, 학계 등 수많은 사람을 만나야 했고, 항상 시간에 쫓기고 과중한 업무로 하루의 시간이 부족한 날들의 연속이었기에 전방에서만 생활하던 나로서는 새로운 환경에 적응하느라 또 다른 홍역을 치러야 했다.

우선 부대 임무와 편성이 전방과 너무나 달라 어떤 부대가 어떤 임무를 수행하고 어디 있는지 몰라서 곤혹스러웠던 적이 한두 번이 아니었다. 더군다나 민간인들을 수 없이 만나야 하는데 군인은 계급장과 명찰을 달고 있어 구분이 쉽지만 민간인들은 외모로는 전혀 신분을 구분할 수 없어서 실수가 많았고 사령관님의 심기를 불편하게 한 적도 많았다.

그 해 겨울 크리스마스가 다가오던 어느 날, 사령관님과 사모님이 리틀엔젤스 공연을 보러 가시게 되었다. '야, 나도 좋은 구경 하겠구나!' 하며 출발했는데, 장충동을 접어들자 "한 대위, 오늘 친척 한 사람이 오게 되어 있는데 지금쯤 앰버서더 호텔 커피

숍에 있을 테니 자네가 대신 만나서 저녁식사를 하고 집으로 데리고 오라." 하시며 3만 원을 주시고 호텔 앞에 내려놓고 가셨다.

커피숍에 들어가니 사람들이 앉아 있는데 누군지 알 수가 없어서 한 바퀴 돌아보니 창 옆에 젊은 아가씨가 책을 보고 있었다. "혹시 박 장군님을 만나러 오셨습니까?" 하자 못마땅한 얼굴로 "그런데요?", 양해를 구하고 앉아서 전후 사정을 이야기하고 식사를 하자고 하니 기분 나쁘다는 표정으로 안 먹겠다고 한다. 내가 무슨 죄가 있어 밥을 굶어야 하나 생각하니 나 역시 기분이 좋지 않았다. 그러나 사령관님 손님이니 어쩌랴. 밖에 바람은 쌀쌀한데 택시를 타자고 하니 가까운데 무슨 택시냐고 걸어가자 한다. 처녀가 밉지는 않게 생겼는데 왜 이리 무뚝뚝한지, 별 말도 없이 뚜벅뚜벅 걸어가는 겨울밤 길은 정말 재미없었다. 그러나 그때는 이 여자가 나의 아내가 되리라고는 꿈에도 생각을 못했으니, 인연이란 따로 있는가 보다. 왜냐하면 그 때까지 서울지구병원에 근무하는 간호장교와 4년간 교제하고 있었기에 더욱 관심이 없었다. 그리곤 그 해가 가는 마지막 날 간호장교와는 종교가 다르고 서로가 안 맞는 것이 많아 헤어졌다.

우리 사모님은 아름다우시고 사랑이 많으신 분이셨는데 내게도 관심이 많으셨다. 공관 근무병을 통해서 나의 사생활을 눈 여겨 보셨는지 간호장교와 헤어진 후 왜 헤어졌는지 물어 보시기에 사실대로 말씀 드린 기억이 난다.

우리 부관들끼리 속설이 사모님 눈 밖에 나면 쫓겨난다는 것이 회자 되었지만, 나는 운이 좋게도 사모님께서 늘 챙겨주시는 행운이 있었다.

박세직 사령관 생신날

1981년 여름, 대구에서 친척이 오셨다는데 나를 보자고 하셨다. 이런 저런 것을 물어 보시기에 솔직하게 말씀을 드렸는데 그 분이 지난번 왔다간 아가씨의 아버지였다.

얼마 후 다시 사령관님 여동생 분이 오셔서 비슷한 질문들을 하셨다. 사모님이 지난 겨울에 본 아가씨가 어떠냐고 다시 물으시기에 "괜찮은 아가씨 같다."고 예의상 대답을 했다. 4년을 사귀다 헤어신 간호상교도 아직 마음에서 완전히 지워지지 않았고, 개인의 시간이라고는 전혀 없는 생활에 가정적으로 가진 것이라고는 아무 것도 없이 총각이 부모님을 부대 아파트에 모시고 살고 있는 때라 어디를 넘보고 할 수 있는 마음의 여유가 전혀 없는 때였다.

그 해 8월 사령관님께 불행한 일이 일어났다. 당신 개인의 손익을 계산하지 않으시고 오직 임무에만 충실하시며 국가만을 생각하는 분이시다 보니 세상의 복잡한 관계 속에서 오해가 생기고, 이런 오해를 이용해서 한 건 하려는 사람들에 의해 희생되어 수경사령관 직책을 마지막으로 전역을 하시게 되었다.

내가 모시던 분이 갑자기 전역을 하시니 당장 나는 출근할 곳이 없어졌다. 지금까지 군생활의 스승으로 생각하고 모든 가치관을 맞추어 가던 젊은 장교에게는 좌절이고 혼돈스러울 뿐이었다. 전역식을 마치고 여의도 집으로 모시고 갔을 때, 모든 가족들을 모아놓고 하시던 말씀이 너무도 생생하다. "나는 군인으로서 오직 군과 국가만을 위해서 일했고, 신문이나 TV에서 보도되는 내용은 사실과 다르다.", "너희들의 아버지로서 떳떳하고 부끄러운 일이 없으며, 시간이 흐르면 모든 것이 해명될 것이다. 절대로 위축되지 말고 공부 열심히 하라."고 당부하시고는 시장한데 오랜만에 가족들과 자장면을 먹으러 가자고 태연히 말씀하셨다. 이런 상황에서도 의연한 태도를 보이시는 모습을 보며 믿음과 충성심이 더욱 새로워졌다.

전역은 하셨지만 상황이 허락한다면 최대한 모셔야겠다고 생각하고 매일 아침 사저로 출근했다. 그러던 어느 날 "한 대위가 올해 몇 살이냐?"고 물으시고는 "결혼을 해야 할 텐데 어디 마음에 두고 있는 사람이 있느냐?”고 하셨지만 무슨 여자가 있었겠는가? 지난 겨울에 본 조카를 어떻게 생각하느냐고 재차 물으시기에 좋다고 대답을 했다. 딱 한번 봤는데 그것도 잠깐, 그러나 항상 믿고 따르던 분이 내게 좋지 않은 일을 권하실 리 없다고 확신하고 있는데다 이미 노총각인 처지에 주저할 이유가 없었다.

그 날 집에 와서 저녁을 먹고 누워서 생각하니 이렇게 결정해도 되는 것인가? 어떤 여자일까? 나를 이해할까? 별의별 생각이 다 들어 잠을 못 이루었다. 군인이란 결정되면 주저하지 않는 것이다. “결혼하자.”

그리고 새 보직으로 북악산에 있는 수경사 유격대 대장으로 보직을 받았다. 그 해가 가기 전에 결혼하는 게 좋다고 해서 정말 전광석화 같이 결혼이 추진되었다. 결혼을 하기로 약속은 했는데 만나 보지도 못했으니 한심한 노릇이었다.

10월 1일 국군의 날 연휴에 아내가 될 사람인 최 선생이 근무하는 경북 봉화군 서벽의 산골 중학교를 찾아갔다. 교무실과 교실을 돌아보고 최 선생이 오르간을 연주하는 교회도 가보고 일식 근무 중인 남자 선생님도 만나봤다. 주인집이 차려주는 저녁을 잘 먹은 후 마당의 지하수 펌프장에서 대강 손발을 닦을 때는 어린 시절 강원도 김화의 시골 생활이 되살아난 듯하였다. 시간도 없는데 연애를 해도 참 재미없는 데이트였고, 서로를 너무 모르

다보니……. 일찌감치 주인집 빈방에 마련해준 잠자리에 들어 창
밖 창호지를 통해 들어오는 달빛을 받으며 누웠다. 산골의 가을
풀벌레 소리가 그날따라 유난히 요란하던 밤이었다.

그 해를 넘기지 않으려고 11월 28일 국방부 중앙성당에서 결혼
식을 올렸는데 사령관님은 처의 외숙부이면서도 행동이 자유롭지
못하셔서 참석을 못하셨다. 결혼식 후 여의도 집으로 찾아가 인
사를 드리고 제주도로 신혼여행을 떠났는데, 어려운 상황에서 결
혼을 하다 보니 아내에게 미안한 것이 많았다.

신혼살림은 13평 아파트에서 부모님을 모시고 시작되었다. 나
는 아침 6시면 출근해 밤 12시가 넘어서 퇴근하다 보니 아내의
생활은 정말 힘들었다. 지금까지 20여 년을 살아온 결혼 생활 중
절반은 아내를 이해하지 못하여 다툼이 잦았으나 이제는 남들과
같이 살아가는 것 같다.

사령관님은 1981년도가 채 가기 전에 모든 오해가 풀려 다시
사회활동을 시작하셨는데, 구파발·진해·포천·현리·대전·간성·서
울 등 새로운 보직을 받아서 근무하는 곳마다 찾아오셔서 항상
격려와 사랑을 나누어 주시곤 하셨다.

사람이 사는 동안 변화가 올 때마다 새로운 인연이 시작되는데
때로는 인연이 행운으로 이어지는가 하면 불행으로 이어지기도
한다.

  내게는 박세직 장군님과 3사단에서 만난 인연이 나의 군생활 전체와 나의 가정생활 전체에 결정적인 행운의 인연이었다.

  이제 군생활도 많이 남지는 않았으나, 박세직 장군님을 본받아 마지막 전역을 하는 날까지 군을 위하여 최선을 다하고 생을 마치는 날까지 사랑하는 아내와 자식들의 모범된 가장으로 좀 더 시간을 아끼며 살련다.

전속부관

군생활을 장교로 하는 많은 젊은이들 중에 전속부관을 해보고 싶어 하는 사람이 많지만 장군 중에서 지휘관만이 전속부관을 운용하기 때문에 소수에게만 기회가 주어진다.

통상 준장과 소장은 중위가 전속부관을 하고 중장도 군단장은 중위가 전속부관을 하며, 중장 2차 보직자는 대위를, 대장은 소령을 전속부관으로 운용한다.

내가 전속부관을 하게 된 것은 대위 때 보병중대장과 수색중대장을 마치고 사단장 전속부관을 하게 되었으니 이례적이었다.

3사단에서 수색중대장을 하고 있을 때 전속부관을 하라고 할 때는 정말 싫었다. 지금도 그렇지만 중위 때나 대위 때 대학원에서 석사과정을 교육 받는 것이 젊은 장교들의 바람이었기 때문이다.

1980년 6월쯤으로 기억하는데 이미 사단에서 함께 근무하던 동기들은 대부분 교육을 받으러 떠났고, 이때가 결혼 적령기라서 동기들의 반 이상이 결혼을 했고, 봄·가을이면 줄줄이 결혼식을 올리던 시기였다.

그런데 나는 소총중대장을 마치고 다시 수색중대장이 되어서 10개 소대를 지휘하며 GP를 5개 맡고 있었고 매일 DMZ(Demilitarized Zone, 비무장지대) 작전을 수행하고 있으니 휴가는 고사하고 민간인 얼굴도 보기 힘들었는데 다시 전속부관을 하라니 정말 싫었다.

그러나 군은 명령에 의해 움직여야 했으므로 나의 의사와 무관하게 박세직 사단장님의 전속부관으로 보직을 받았다.

사단장과 수경사 사령관으로 군생활을 마친 박 장군님을 전역하실 때까지 1년 반 정도를 모시며 군생활을 어떻게 해야 하는지 교과서처럼 보여주시는 것을 보고 배운 것이 오늘의 내가 있도록 만들어 주신 은공이라고 생각한다.

전속부관을 하며 잊혀지지 않는 에피소드를 몇 가지 소개한다.

사단장님은 얼마나 부지런하신지 매일 아침 5시에 예배를 참석하시고 예배를 참석하지 않는 날은 4시 반이나 5시에 공관을 출발하셔서 GOP 철책 1개 소대지역을 순찰하시고 소초에서 라면을 끓여달라고 해서 소대상과 라면을 느시고 곧바로 출근을 하셨다.

하루도 거르지 않으시는 부지런함에 잠이 많은 젊은 시절의 부관들은 잠이 모자라서 쩔쩔매는 일이 다반사이고 지휘차량 뒤에 앉아서 졸다가 비포장도로의 털털거리는 충격에 사단장님 뒤통수를 머리로 받고 나면 난감하기 짝이 없었다.

당시에는 국도만 버스가 다니고 마을과 마을 간에는 모든 주민들이 걸어 다닐 때였다.

사단장은 노인들이 걸어가시는 모습을 보면 항상 차를 세워 태워드리는데 지휘차량은 무전기가 실려 있어서 뒷좌석에 두 명만이 앉을 수 있는 공간임에도 태워드릴 분을 또 만나면 또 태워드렸다.

가장 많이 태워드릴 때는 세 분까지도 태워드렸으니 나는 무전기 위에 올라가서 머리를 잔뜩 낮추고 숨도 못 쉴 만큼 쪼그리고 있어야 했으며 차가 덜컹거릴 때는 신음이 절로 나왔다.

이렇게 주민들을 사랑하셨기에 사단장 보직을 마치시고 수경사로 떠나올 때는 수많은 주민들이 길가에 나와서 환송을 하고 꽃다발을 드렸다.

꽃다발을 차에다 실을 수가 없어서 칸보이하던 헌병차에 실었는데 철원군청 소재인 지포리에 왔을 때는 헌병차에 꽃이 가득 찼었다.

지금 수도방위사령부로 임무를 수행하고 있는 부대는 1980년 초까지는 수도경비사령부였으며 필동에 사령부가 있었다.

전방 오지에서 근무하다가 서울로 근무지를 옮겨와서는 마치 촌닭이 서울에 온 듯이 모든 것이 생소하고 부대 분위기도 전혀 달랐었다.

그 중에서 육본이 용산에 있었는데 육본 월간회의시마다 사령관님께서 참석을 했고 부관인 나도 수행하게 되어서 흔히들 이야기하는 대본영에 자주 드나들게 되었다.

하루는 사령관님을 수행해서 육본회의에 왔다가 사령관님께서 참모총장님께 보고드릴 것이 있어서 사령관님께서는 참모총장실로 들어가시고 나는 부속실에서 기다리고 있었다. 한 20분 정도 시간이 지나서 총장실의 문이 열리더니 사령관님께서 나를 총장실로 들어오라고 부르셨다.

순간적으로 나를 왜 참모총장실로 들어오라고 하는지 몰라서 잠깐 공황에 빠졌다가 총장실에 들어가서 총장님께 목이 터져라 큰소리로 경례구호를 외치며 경례를 했다.

참모총장님께서 의자에서 일어나 제게 걸어오시며 "사령관에게 자네 이야기를 들으니 아주 훌륭한 장교라고 하더군." 하시며 악수를 하고 등을 두드리시며 "군생활 멋지게 잘 해라." 격려를 해 주셨다. 엉겁결에 "네! 군생활 잘 하겠습니다."라고 대답을 하고 다시 부속실로 나와서 도대체 사령관님께서 뭐라고 하셨나 별 생각을 다 하고 있는데, 사령관님과 함께 복귀하는 차를 타고 오게 되었다.

차에서 사령관님이 "한 대위, 왜 내가 참모총장님에게 자네를 소개한 것이라 생각하나?" 물론 대답은 "모르겠습니다."였다.

사령관님께서는 "참모총장님께서는 4성 장군이시고 육군에서 최고 직위지만 그 분도 한 인간으로 군의 선배일 뿐이지 특별히 무섭게 생겼거나 이상한 사람이 아닌 한 사람의 군인일 뿐이다. 군생활을 하면서 상관을 두려워하거나 어려워한다면 어떻게 네가 그 직위에 갈 수 있겠느냐, 군인은 목숨을 걸고 전장에 임하는데 목숨을 잃는 것보다 더 두려운 일은 없다. 군생활하는 동안 아무리 계급이 높은 분이라도 네가 옳다고 생각하는 것은 소신을 가지고 말씀을 드려야 한다. 전쟁을 경험하지 않은 후배들이 시류에 따라 윗사람 눈치만 보는 세태가 걱정스럽다며 너는 그렇게 살지 말라."고 가르치신 말씀이 30년이 지난 지금도 귀에 쟁쟁하게 들린다.

돌이켜 생각하면 전속부관을 하며 포복절도할 만큼 부끄럽고 웃기는 일들도 많았다.

지금 기억으로는 국군의 날 전야제였던 것 같은데 육군회관에서 연회가 있었고 복장은 예복이었는데 백색 하예복이었다.

훈련현장을 다녀오셔서 부대에 들리지 않고 참석하시도록 계획되어서 부대에서 하예복을 준비해서 회관 옆의 옛날 참모총장 공관에서 갈아입고 참석하시게 되었다.

복장을 준비해 드리고 밖에서 기다리는데 옷을 갈아입고 나오시더니 현관에서 "구두는 왜 없나?" 하고 말씀하시기에 "예, 거기

놓여있는 것이 사령관님 구두입니다.”라고 신발을 가리켰는데 “백색구두가 아니잖아” 나는 흰 예복에 백색구두를 신으시는지 몰랐던 것이다. 검은색 구두를 가져왔으니…….

한번은 연합사령관과 운동을 하시고 라커에서 샤워 후에 사복을 갈아입으시고 저녁식사를 하게 되어 있어서 라커룸에 양복을 걸어놓고 밖에서 기다리고 있는데 급하게 나를 찾는다. 뛰어 들어가 “찾으셨습니까?” 하고 사령관을 쳐다보니 와이셔츠에 넥타이를 매시고 하의는 입으시지 않는 상태에서 “바지는 어디 있나?” 옷장을 뒤져봐도 바지는 보이지 않았다. 바지는 공관에서 다림질을 잘 해놓고 가져 온다는 것이 빼놓고 왔던 것이다. 결국 칠칠맞다고 꾸중을 듣고 다시 부대로 가서 갖다드렸으니 그날은 쥐구멍에라도 들어가고 싶었다.

요즘도 축구의 열기가 월드컵을 개최한 이후로 국민의 관심사지만 그때도 한·일전은 지금의 월드컵만큼 전 국민이 응원을 하던 때였다.

그 날도 축구경기가 있는 날이었는데 사령관님께서 외부 인사들과 저녁약속이 있어서 외부에서 식사를 하셨다. 약속장소에 모셔다 드리고 참석자들이 모두 도착해서 식사가 시작되는 것을 본 후, 운전하던 이영호 상사와 다른 동석자들의 수행원들이 모여서 우리도 근처의 TV가 있는 식당으로 몰려가서 한·일전을 보면서 밥을 먹었다. 정말 치열한 경기로 우리나라가 1대 0으로 이겨서 기분이 최고조에 달해 있었다.

한편 사령관님께서는 식사를 하시고 컨디션이 좋지 않아 일찍 복귀하려고 나와 보니, 부관도 차도 행방이 없어진 것이다. 근처 이 집 저 집 식당을 몽땅 뒤져도 찾지 못하고, 택시를 불러서 타고 가셨다는 것이다.

요즘이야 핸드폰이 있으니 그럴 일이 없지만 당시에는 행선지를 알려 놓지 않으면 찾을 수 없는 상황이었다. 이 날도 정신이 나갈 정도로 혼이 났다.

지금의 부관들은 휴일이면 외출할 수 있는 자유시간도 주어지고 개인적인 편의를 많이 봐 주지만, 당시에는 24시간 365일 그림자처럼 수행하다 보니 젊은 나이에 참으로 힘든 생활이었다.

공관에서도 부관 방에서 항상 대기하는 긴장된 생활에 돌파구란 없는 상황인데 나도 1년 정도 부관을 하고 나니 꾀가 생기고 나름대로 스트레스를 풀기 위해서 잔머리를 굴리던 때다.

손님들이 가져오는 술이 종류별로 여러 가지가 있었는데 한 병을 가져다 몰래 마셨다.

어느 날 손님이 오셨는데 특정한 종류의 술 3병 중에 내가 한 병을 마신 술을 찾으셨다. 2병만 드시면 괜찮지만 3병을 찾으시면 어쩌나 하고 걱정을 하고 있는데 아니나 다를까. 두 분이서 2병을 드시고 다시 1병을 더 가져오라고 하셨다.

할 수 없이 비슷한 것을 들고 들어갔는데 사령관님께서 나를 쳐다보시는 눈빛이 예사롭지 않으시며 "더 없나?" 손님이 계시니 달리 할 말이 없어서 "예, 없습니다."

이렇게 해서 다른 술을 한 병 더 드시고 손님이 가셨다.

사령관님께서 "한 대위 따라와 봐!"라고 하셔서 '아! 이제는 죽었구나'. 생각했다.

"내가 알기로는 3병이었는데 왜 2병만 가져왔나?", "예! 제가 먹었습니다.", "야! 네가 먹을 걸 먹어야지!"

더 무어라 할 말이 있겠는가. 잘못했다고 사죄할 수밖에.

사령관님께서는 어이가 없으신지 "술에 대해서 공부해라!" 이야기 하시고는 혀를 차시며 내실로 들어가셨다.

그래서 그때부터 양주에 관한 책을 구해서 공부를 했고 지금은 양주에 대해서는 꽤 많은 상식을 갖게 되었다.

이렇게 어이없는 실수를 한 전속부관을 전역하실 때까지 바꾸지 않고 계속 임무를 수행토록 하신 박세직 장군을 생각하면 수많은 추억들이 되살아나며, 나의 군생활의 아버지셨던 분이 지금은 세상에 계시지 않는다는 현실이 너무도 가슴 아프고 그립다.

Ⅳ · 철들어가는 장교

부하를 잃는다는 것

군생활 중 가장 가슴 아픈 일은 아마도 부하를 잃는 일일 것이다.

당시 본부중대 이병 윤○○ 주특기 900(문서취급병). 서울 외국어대 러시아어과 1년 재학 중이었다.

수도사단에서 대대장 임무를 수행하던 어느 날, 사랑하는 부하가 운명을 달리하고 이승을 하직했던 그 날은 지금 생각해도 더할 수 없는 충격의 날이었다.

어머니의 따뜻한 사랑과 누나들의 보살핌이 어느 누구보다도 지극하였는데, 혈육의 정마저 끊어버리고 자살을 하다니…….

1975년도에 임관해서 지금까지 푸른 견장을 여러 번 달고 지휘를 해왔지만 이 같은 일을 그 때 처음 당하니 너무도 어이가 없고 망연해졌었다.

내가 덕이 없어서일까? 아니면 내가 부대지휘를 하며 나태해서일까? 나름대로 최선을 다했다고 생각했고 누구보다 부하들을 아끼고 사랑했다고 자부해 왔는데 정말 그 때의 허망함은 말로 다 표현할 수 없다. 지금도 부대를 지휘하다 예감이 불길할 때는 그 때의 아픔이 떠올라 걱정이 앞서기도 한다.

수기사 대대장 시절 훈련을 마치고

그 날 오후 결산시간이었다. 이것저것 생각하며 마음에 집히는 것들이 있어서 다른 부대에서 일어난 불행한 사건들을 신문보도를 인용해 소개해 주면서 병사들의 신상관리에 더욱 관심을 가져 달라고 강조했다. 특히 이등병들에게 부대에 잘 정착할 수 있도록 각별한 관심과 애정을 가지고 돌볼 것을 당부했던 그 날 이러한 일이 발생했다.

충격적인 소식을 들은 윤 이병의 어머니는 얼마나 놀랐을까? 그 누이들은 얼마나 가슴이 아팠을까? 내가 아무리 괴롭고 가슴 아프다 한들 그 혈육과 부모의 천분의 일, 아니 만분의 일이라도 했을까?

무슨 이유로 삶의 끈을 놓았는지 이유라도 남기고 떠났다면 속이라도 시원하련만, 유서도 없이 훌쩍 가버리니 부모를 대신해서 돌보고 있던 나는 무슨 면목으로 어머니를 대한단 말인가?

주님! 우리의 철없는 병사들을 보호해 주옵소서. 환경도 변하고 해야 할 일도 변하는 군생활 동안 그들의 어린 마음과 연약한 심신이 성장하고 강건해져서 하루 빨리 현실에 적응하고 이렇듯 쉽게 생을 포기하거나 좌절하지 않도록 어루만져 주시옵소서.

용기와 인내를 주셔서 아름다운 삶을 꽃피우고 가정의 대들보가 되며 국가에는 훌륭한 국민으로 자기 몫을 할 수 있는 일꾼이 되어 짧은 인생을 주님이 주신 생명의 고귀함을 누리고 주님 곁으로 가는 날은 천사의 팡파르가 울리는 속에서 용기 있게 마감할 수 있도록 보호하옵소서.

제가 덕이 없음을 일깨워 주시고 항상 많은 우리 부대원이 어디가 아픈지, 무엇이 괴로운지 알게 하여 그들의 진정한 지휘관으로서의 몫을 할 수 있는 힘을 주옵소서.

윤 이병의 어머니와 누이들에게 이 아픔을 빨리 거두어 주셔서 가정의 슬픔이 승화되어 서로 더욱 사랑하게 하시고 그들의 고통을 제가 나누어 가짐으로써 고통을 덜게 하여 주옵소서.

훈련 같은 휴가

대대장 시절은 다른 때도 그랬겠지만 해야 할 일들과 많은 고민들 때문에 삶의 여유를 찾기가 매우 힘든 시절이었다.

CROSS-BUK 훈련을 병행해서 실시했던 여단 전투단 훈련을 끝내고 모처럼 4박 5일간의 꿀맛 같은 외박을 나가게 되었다.

외박 이야기를 하기 전에 전투단 훈련을 소개하면 그 때 나는 대대장으로서 전시 상황을 생각해서 대대장 텐트를 별도로 설치하지 않고 K-200장갑차를 타고 지휘하면서 식사도 병사들과 똑같이 했다. 그런데 그 정도했다고 30대의 나이였는데도 불구하고 훈련이 끝나자 입술이 부르트고 몹시 피곤했다.

그동안 내가 너무 안일하게 부대를 지휘해 온 것이 아닌가 반성하면서 앞으로 군생활 동안 어떤 훈련을 하더라도 항상 전시 상황을 생각해서 모든 어려움을 감내하면서 실전적인 훈련을 해야겠는 다짐을 했었다.

사실 외박을 떠나기가 쉽지만은 않았다. 군단에서는 전투단훈련 강평시 발표도 해야 했고, 이어서 CMI(지휘·정비·보급)검열이 있었고 사단 전투력 측정도 있었다. 이러한 모든 것을 준비하는 데 시간도 촉박했지만 무엇보다 나 대신 전차대대장이 군단 발표를 맡게 된 것이 가장 미안했다. 하지만 이것저것 다 생각하다보면 정말 어렵겠다는 생각에 무리해서라도 출발하기로 했다.

외박 이야기를 한다면서 또 부대 걱정부터 앞선다. 참 나는 어쩔 수 없는 군인이라는 생각이 든다.

처음 가는 외박이라는 생각에 아내한테 미안한 생각이 먼저 들었다. 그런데 막상 출발을 결정하고 나니 교통편이 문제였다.

여단 정비중대장에게 어렵게 이야기를 꺼내서 개인 승용차를 빌려서 단기간 보험을 들고 가족을 태워 외박 장정을 시작했다.

먼저 서울 구파발 기자촌 집에 들렀다가 화곡동 누나 집 가서 저녁을 먹고, 동생 집에 밤늦게 도착해 잠을 잤다. 다음날은 바람도 많이 불고 좋은 날씨는 아니었지만 용인 자연농원으로 놀러갔는데 자연농원은 말만 그럴싸할 뿐이지 돈이 얼마나 가치 없는가를 보여 주는 곳인 것 같다. 상술이 동심을 해치지 않을까 걱정이 되기도 했다.

이어 강릉에 도착해 공군이 운영하는 경포대 송림회관에서 하룻밤을 자고 동해의 일출을 본 후 동해안 해안도로를 따라 속초에 도착했다. 그 곳에서 점심식사를 하고, 전에 여단에서 함께 근무했던 오 소령에게 물어 콘도를 안내받아 여장을 풀고 설악동에 들러 신흥사를 둘러보았다.

3일째는 설악산 케이블카를 타고 권금성에 올라갔다가 설악동을 출발해 강릉을 거쳐 처제 집으로 갔다. 처 막내 이모부집에서 이모부 부부와 우리 부부, 처제 부부 세 가족이 세상 돌아가는 이야기를 하다 보니 시간 가는 줄도 몰랐다. 그리고 다음날 드디어 장정을 마치고 집에 도착했다.

4일간 900여 킬로미터를 달린 여행노정을 적고 보니 정말 군대 훈련하듯이 강행군을 했다는 생각이 든다. 나도 사람인지라 얼마나 피곤하든지 마지막 날은 만사가 귀찮았다.

모처럼 가족들과 함께한 휴가. 물론 강행군을 하느라 모두 피곤에 지쳤지만 아이들에게도 바깥 공기를 맛보게 하고 아내에게도 다소 기분전환을 시켜주었다는 것이 너무 좋았다. 항상 부대 일에 쫓기면서 스스로 국가에 충성한다고 자부하고 있으나 한편으론 너무 각박했었다는 생각도 들었다. 정말 내 인생에 값진 여행으로 기억되는 천리행군 같은 휴가였다.

장고(長考)

수기사에서 작전참모로 근무할 때다.

맑은 하늘, 푸르게 변해가는 들녘을 바라보다 문득 내가 행운의 사나이란 생각이 들었다. 대대장을 마치고 모두들 사단 근무를 희망하지만 누구에게나 기회가 주어지는 것은 아니었다. 그런데 나는 그러한 행운을 얻은 몇 안 되는 동기생 중 한 명이 되었던 것이다. 하지만 전임자인 강 중령님께서 너무 성공적으로 임무를 수행하셨던 터라 처음 시작하면서는 많은 염려와 우려가 앞섰던 것이 사실이었다.

참모를 시작하면서 스스로 다짐했던 몇 가지를 떠올려 본다.

▸ 인화해서 적을 만들지 말자.
▸ 신상 관리면에서 성숙되자.
▸ 공을 생각하며 부대를 위한 일에 신명을 다하자.
▸ 지휘관이 필요로 하는 참모가 되자.
▸ 예하부대에 모든 사고의 우선권을 두자.

　작전참모 시절 지금 생각해도 참 어처구니없었다고 생각되는 일도 있고 보람되었던 일들도 있었다.

　대대장 때의 의욕만 앞세워 사단장님께 아무 것도 거르지 않고 솔직하게 이야기하던 모습, 떠나온 대대의 문제점들이 후임자인 박 중령에 의해서 하나하나 공개되어 나를 난처하게 만들었던 일, 특히 부사관들의 대폭적인 인사교류와 부사관 한 명이 군용품을 부정 유출했던 일이 공개되었던 일, 그 때를 떠올리면 지금도 부대원들에 대한 배신감과 철저하게 부대를 관리하지 못한 나 자신이 한없이 부끄러워진다.

　작전참모를 하면서 했던 T/S (Team Spirit, 한미연합연습) 훈련은 내게 참으로 의미있는 기억으로 남아있다. 사단장님을 보좌해서 사단이라는 대부대를 기동시키면서 전술적으로 운용하는 주무 참모의 임무를 수행했다는 것은 정말 값진 경험이었다. 당시 사단장님의 풍부한 경험에서 우러나오는 적시적인 결심과 야전적인 지휘스타일은 앞으로 우리 군의 지휘관들이 어떻게 처신해야 하는 지 보여주는 좋은 본보기였다. 반면 일부 예하 지휘관들의 불합리한 부대 지휘와 처신, 일부 참모들의 강 건너 불구경하는 듯한 태도는 반드시 해결해야 할 과제라고 생각했다.

　함께 훈련했던 미1군단의 적시적이며 효과적인 작전지휘는 한국의 고급 사령부가 앞으로 무엇을 해야 하는가를 어렴풋이나마 배울 수 있는 기회였다. 내가 작전참모를 하면서 이 같이 큰 훈련도 성공적으로 마치고 다른 임무수행도 신나게 할 수 있었던 것은 우리 작전보좌관 정 대위, 강 대위, 그리고 화력지원반에서 헌신적으로 최선을 다해준 후배들이 있었기 때문이었다. 내가 대위 때를 생각하면 정말 따라가지 못할 만큼 똑똑하고 훌륭한 장교들이었다.

어느 날 사단장님께서 사단참모와 직할대장, 여단장들에게 위로 회식자리를 마련해 주셨던 적이 있었다. 사단장님께서는 대부대의 작전참모가 될수록 '장고(長考)'해야 한다는 소중한 말씀을 남겨 주셨는데, 나 역시 스스로 너무 성급하고 안일하게 업무에 임하고 있다는 생각을 하고 있어서 그 말씀을 가슴에 새겼었다.

참모든 지휘관이든 어떤 임무가 나에게 부여되더라도 임무를 마치는 그 순간까지는 한 점 부끄러움이 없도록 항상 최선을 다해야 한다. 우리 모두가 이러한 마음으로 살아간다면, 잘 자란 한 그루의 나무가 모이고 모여 푸르른 조국의 국토를 만들어 주듯이 우리도 사랑하는 조국과 민족의 발선에 큰 밑거름이 될 수 있을 것이다.

진정한 장군의 모습

　내 인생에 영향을 미친 많은 분 중 정말 의미있는 한 분을 꼽자면 이현부 장군님이다.

　이 장군님을 처음 만난 건 육사 3학년 생도시절로, 나는 12중대였고 당시 이 소령님은 9중대 훈육관으로 근무하셨다.

　생도시절은 1·2학년 하급생의 경우 3·4학년 상급 생도를 누구를 만나느냐에 따라 생도생활이 편할 수도 있고 힘들 수도 있고, 배우는 것이 많을 수도 적을 수도 있다. 또한 상급생도가 되면 어떤 훈육관을 만나느냐에 따라 얻음의 많고 적음이 달라진다.

　당시 인접중대 훈육관이셨지만 항상 칼날같이 단정한 자세와 명확한 언행으로 장교의 참모습이 어떠해야 하는지를 보여주시는 이 소령님에 대해 동경도 하고 때로는 범접하기 어려운 권위를 느꼈었다.

　이 소령님은 월남전을 2번이나 자원하여 참전하셨고, 작전이 없을 때는 병사들에게 형님과 같이 사랑으로 부하를 보살피면서도 훈련은 강하게 시키고, 전투에 임해서는 많은 지휘관들이 편법과 위험을 회피하는 지휘를 하는 가운데서도 가장 솔선수범하셨다는 이야기가 전설처럼 후배들에게 널리 알려져 있었다.

★ 남쪽을 보고 앉아라

1986년 수기사 101기보대대장으로 재직하고 있을 때 두 번째 만남이 이루어졌다.

부임하실 사단장이 이현부 소장님으로 발표되자 수기사가 기계화사단으로 개편될 때 창설멤버로서 수기사에 대해서는 모르는 것이 없는 귀신이라는 소문이 돌았다.

사단장으로 부임해 오셔서 하신 일 중 기억에 남는 에피소드가 있다.

먼저 예하부대 업무보고를 위해 대대급 부대를 순시하셨던 일이다. 흔히 순시를 하면 참모 한 명을 대동하는데, 우리 대대에 오실 때는 인사참모와 공병대대장과 함께 오셨다.

업무보고는 간단하게 대대 현황 위주로만 받으시고, 이런저런 농담을 하시며 참모와 중대장들을 편하게 대해주셨다. 그리고는 대대장실을 구석구석 둘러보시더니 베니어합판으로 내장을 한 도색이 어둡다며 밝은색으로 칠하는 것이 좋겠다고 하시고, 밖으로 나오셔서 부대 위치며 조경들이 안정되어 있으니 잘 관리하라고 당부하셨다.

우리 대대뿐 아니라 모든 지휘관 실을 돌아보시며 어두운 곳은 밝게, 창문이 작은 곳은 넓게, 북쪽이나 서쪽을 보고 앉은 지휘관 실은 남쪽이나 동쪽을 보고 앉도록 위치를 조정해 주셨는데 이것 또한 중요한 조치 중 하나라고 생각된다. 지휘관의 근무환경이 편하고 상쾌해야 부대에 대한 집중도를 높일 수 있다는 것을 보여주신 것이다.

중국의 황제는 반드시 남쪽을 보고, 앉고, 눕는다고 하는데 풍수지리에서도 가장 기가 좋은 곳이 남쪽이며 다음으로 동쪽이라고 한다. 이런 연유에서 부임하시고 첫 순시 때 모든 지휘관의 근무환경 개선을 최우선으로 하신 것이라고 생각한다.

출발하시면서는 우리 대대원들에게 오른손 엄지손가락을 세우시고 "대한민국 최초의 장갑부대였던 전통을 세워나가라."고 하셨다. 손을 흔드는 대신 엄지손가락을 세우신 모습이 "너희들을 믿는다. 너희들이 최고야!"라는 뜻으로 전달되어 오는 순간 가슴 뭉클함을 느꼈다.

그 날 사단장님께서 대한민국 최초의 장갑부대라는 말씀을 해주신 것을 계기로 대대의 애칭을 맹호부대인 수기사의 진짜 호랑이 대대라는 뜻으로 '진호대대(眞虎大隊)'라고 정했다.

지금도 그 때 배운 것을 십분 활용해 사단장 시절엔 흰 장갑을

끼고 손을 흔들거나 엄지손가락을 세워서 격려했고, 군단장을 하는 동안에도 애용했었다.

★ 공부해야 한다

1988년 가을이 되었고 대대장도 2년을 마쳐갈 즈음 사단장님께서 업무종결보고를 받으러 대대에 오셨다. 업무보고를 받으시고는 "어디 갈 곳이 있느냐?"고 물으셨다. 사실 나는 특기가 작전이라 사단 작전참모를 하고 싶었으나, 선배인 노용건 중령이 내정되어 있어서 다른 부대를 알아보고 있던 중이었다.

마침 수방사 교훈과장과 육본 작전참모부에서 오라는 제안이 있어서 말씀드렸더니 "수방사에서 근무를 했는데 또 가면 야전군인으로 소양이 부족하게 되고, 육본으로 간다면 최후임자로 일을 제대로 배울 수 없으니, 육군대학에 가서 교관을 하며 공부하는 것이 도움이 될 거야." 하시며 인사참모에게 육대를 갈 수 있도록 추천하라고 하셨다.

그런데 공교롭게도 작전참모로 내정된 노용건 중령이 육본에 근무하고 있었는데 육본에 근무하는 장교는 최소 2년이 경과해야 전출을 갈 수 있도록 방침이 바뀌었다. 1989년에 육본이 서울에서 계룡으로 이전하게 되어 있어서 당시만 해도 육본에 근무하기를 꺼려하던 상황이었다.

　작전 직능을 가진 장교는 누구든 사단참모 하기를 원했고, 사단참모를 해야만 진급이 되던 때였다. 이런 이유와 사단장님께서 사단에서 대대장을 한 자원을 우선적으로 선발한다는 방침을 내리셔서 사단에서 3년 반을 근무한 내가 작전참모를 하게 되었다. 이것이 이현부 사단장님께서 내게 베풀어 준 은혜의 가장 큰 몫이었으며, 가까이에서 모시면서 많을 것을 배울 수 있게 되었다.

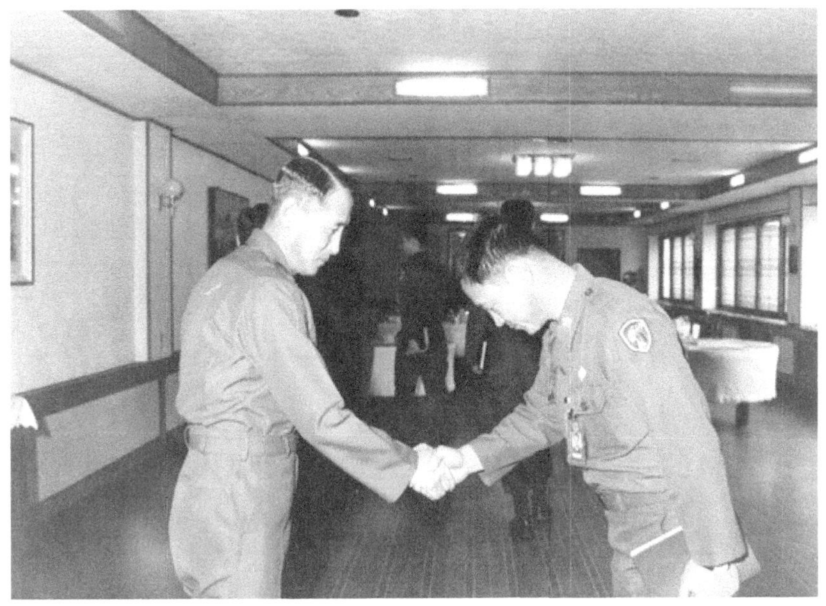

이현부 사단장께 사단작전참모 보직 신고

사단 작전참모로 부지런히 업무 파악을 했지만 여단 작전과장과 대대장 때의 경험만으로는 모르는 것이 너무 많았고, 더구나 사단장님께서 사단 창설 멤버이면서 수기사에서 근무한 경력이 11년이나 되시다보니 괜히 주눅이 들어 긴장하고 있던 시기였다.

하루는 잠시 자리를 비웠는데 작전처 부사관이었던 손대규 상사가 사단장님께서 인터폰으로 연락이 왔었다고 했다. 부리나케 집무실로 달려가 "찾으셔서 왔습니다." 하고 보고를 드렸더니 "내가 뭐라고 했나?", "예, 인터폰 하라고 하셨습니다.", "인터폰 하라고 했는데, 왜 왔나? 다시 사무실로 가서 인터폰을 해." 그러시며 참모와 지휘관은 의사소통이 잘 되어야 하는데 격식이나 수단에 제한을 두면 할 이야기가 제대로 안 되니 언제든 간단한 보고는 인터폰이나 전화를 하고 보고시간도 24시간 구애 받아서는 안 된다는 하셨다. 사단장 숙소가 '공관'이라고 불리는 것은 퇴근해서도 일을 하라는 뜻이니 야간에도 구애받지 말고 보고하라고 하셨다.

이후에도 지휘관과 참모 간 의사소통에 대해서 여러 번 지침이 있으셨는네 참모들이 편하게 보고할 수 있도록 많은 배려를 해주셨다. 어떤 때는 수준 이하의 내용도 부담 없이 말할 수 있도록 분위기를 만드셨고, 그렇다고 무시하거나 면박을 주시지 않고 다 들어주시는 열린 귀를 가진 지휘관이셨다.

★ 주무참모는 정보참모

사단 인사참모는 2년 후배인 황인락 중령이고, 정보참모는 동기뻘인 김희승 중령, 군수참모는 2년 선배인 정우용 중령이었다. 처음 작전참모로 보직신고를 드릴 때 사단장님께서 참모들 간의 협조가 중요하며 2년 선배인 군수참모와 마찰 없이 잘 지내라고 특별히 당부하셨다. 그런 이유도 있지만 2년 선배이고 성격이 털털하신 분이라서 부담 없이 지낼 수 있었고, 매주 목요일은 결산회의를 참모들만 모여서 했는데 항상 군수참모 방에서 했다.

식사나 회식자리가 마련될 때면 임석상관이 건배를 제의하고 다음 선임자나 그 회식 자리의 주인공이 건배를 제의하는데, 특별할 일이 없으면 참모 대표로 군수참모가 건배를 제의하였다. 그러던 어느 날 회식 자리에서 군수참모님께서 항상 건배 제의를 하려니 부담스럽다며 오늘은 작점참모가 하라고 양보하시기에 거절하였으나, 강권에 못이겨 나는 할 수 없이 건배를 제의하게 되었다.

"오늘은 군수참모대신 주무참모로서 제가 건배를 제의하겠습니다." 이렇게 말문을 열었는데 사단장님께서 "왜 자네가 주무참모야? 정보참모가 주무참모지." 순간 당황하고 민망하면서도 순간적으로 '주무참모는 작전참모가 맞는데 무슨 말씀이신가?' 하고 의아해 하며 멀뚱히 있으니까 사단장님께서 이유를 설명해 주셨다.

작전계획을 만들든지 상황조치를 하든지 정보참모가 적의 규모와 적의 움직임에 대해서 정보판단을 하면 작전참모는 그에 따라서 방책을 수립하기 때문에, 정보참모의 판단이 없으면 작전참모는 계획을 수립할 수 없으니 정보참모가 주무참모이고 그만큼 정보가 중요하고 업무의 질도 높아야 한다는 말씀이셨다.

세월이 많이 지나서 요즘은 외국이든 우리든 적에 대한 정보가 더욱 중요해졌고, 정밀한 무기가 개발될수록 표적정보도 정밀해져야 하기 때문에 정보기능이 대폭 보강되고, 고도화되는 것이 선진군의 척도가 되었음을 볼 때, 15년 전에 사단장님께서 말씀하신 것이 미래를 내다보고 말씀하신 것처럼 생각된다.

나도 그 뒤로는 주무참모는 정보참모라고 이야기하고 지휘관 보직을 수행할 때는 각별히 정보분야에 힘을 실어 주고 있으며, 그 때 사단장님의 말씀이 내가 군생활하는데 정보에 대한 인식을 바꾸게 되는 중요한 계기가 되었다.

★ 훈련장을 확보하라

포천에 위치한 군단에 근무하다 보니 가까이에 원평전차포사격장의 사격 폭음이 들릴 때마다 시끄럽다는 생각보다는 익숙한 소리 때문인지 오히려 정겹다. 민간인들이 들으면 소음이고 잡음이겠지만 내게는 옛 추억이 되살아나서 더욱 감회가 새롭다.

작전참모 보직을 받은 지 6개월 쯤 지났을 때였고, 그 시기는 사단의 전차가 M48에서 K-1전차로 교체되는 시기였다. 하루는 사단장님께서 부르시더니 사단 지역의 모든 훈련장의 활용 실태를 확인하고 보완해야 할 것을 검토하라고 지시하셨다. 특히 K-1전차가 기동 간 사격을 해야 하고 사거리가 연장되었으니 원평사격장을 확장하는 데 중점을 두고 검토하는 가운데, 장갑차도 지금은 K-200장갑차이지만 앞으로 IFV(Infantry Fighting Vehicle, 보병전투차량)가 편제될 것을 예상해서 여단별로 IFV의 사격장이 확보되도록 하라고 하셨다. 지금은 K-1전차가 신형전차지만 언젠가는 더 우수한 전차가 전력화될 것이고 그렇게 되면 사거리 3천 미터 이상을 확보하라는 것인데, 이는 너무 앞서가는 발상이라 모두들 회의적이었다.

어쨌든 사단장님 지침에 따라 원평사격장 확장계획을 보고 드렸더니, 육본 작전참모부장과 사전에 협조해 놓았으니 중기계획에 포함되도록 후속조치를 하라고 하셨다. 야전 사단참모가 업무절차도 모르면서 육본 계획에 반영한다는 것은 벅찬 일이었고, 군사령부에서는 되지도 않는 일을 한다고 공문을 받아 주지도 않았다.

고민에 빠져 있는데 군사령부의 문서수발담당관이 아는 사람이라 통사정을 해서 문서 표지만 군사령부 것으로 비공식적으로 만들어서 육본에 갔다.

육본 훈련장담당관은 군사령부보다도 더해서 쳐다보지도 않았다. 과장을 찾아가서 이것은 사단장님과 육본 작전참모부장 간에 약속된 것이고, 부장님께 보고하지 않는 것은 당신들 책임이며 처리가 안 되면 문제가 생길 것이라고 협박 아닌 협박을 하고서 돌아왔다. 다행히 육본에서 중기계획소요에 포함시키려 했으나, 경제기획원에서 안 된다고 했다면서 작전참모가 경제기획원의 실무자에게 직접 설명하라는 것이었다.

지금 돌이켜보면 정말로 무책임한 장교들이었다. 그래도 국방부와 경제기획원을 찾아다니며 설명한 덕분에 중기계획에 반영되었고, 토지매입이 시작되어 업무가 추진되었고, 더구나 사단장님께서 육본 작전참모부장으로 부임하여 순조롭게 진행되어 갔다.

그러다 사단장님께서 사고로 순직하시고 난 후에는 사업이 중단되었다. 그 이후 원평사격장은 면적은 조금 넓어졌지만 계획된 대로 추진이 안 되다 보니 20년이 흐른 지금은 주변 민간인들로부터 민원에 시달리고 사격장을 이전하라는 플래카드가 이동 시내 여기저기 걸려 있는 것을 보면 정말로 가슴이 아프다.

IFV사격장도 그 때까지 방치되어 있던 현리지역의 거접훈련장을 사격장으로 용도 변경하여 사용토록 했고, 포천거점에도 사격장 확장계획을 수립하였으나 추진이 안 되고 말았다.

이제는 사격장을 확장할 수도 없고, 사격하는 것마저도 어려움에 부딪칠 때마다 20년 앞을 내다보시고 준비하신 사단장님의 안목에 고개가 숙여질 뿐이다.

비단 원평사격장 뿐만 아니라 무건리, 매봉산, 비승, 승진사격장 등등 모든 사격장들이 민원에 시달리고 있는 현실을 바라보며 우리는 너무 근시안적으로 일을 한 것이 아닌가 반성하게 된다. 조금 위안을 삼는다면 내가 육본 정보작전참모부장으로 재직할 때 훈련장만을 전담할 수 있는 독립된 과를 신편 놓은 것이며, 이것은 사단참모를 하면서 사단장님께서 강조하신 훈련장 확보의 중요성을 자주 듣고 머릿속에 각인된 산물이었다.

★ 사단장님은 어디계신가?

요즘은 핸드폰이 있어서 산골짜기 오지가 아니면 어디서든 전화가 가능한 시대가 되었고, 오히려 이런 문명의 이기 때문에 병력통제의 어려움도 생겨났다.

꼭 부대 가까이 대기해야 할 인원이 원거리까지 이탈해서 어디 있는지 위치를 확인하려면 핸드폰 통화를 하고서도 다시 유선전화를 해보라고 해야만 하는 상황이 되었다. 그러나 20년 전에는 대기하라고 하면 전화벨 소리가 들리는 거리를 벗어날 수 없었고, 번개통신을 자주해서 자신의 행선지를 알리지 않고는 움직일 수 없는 때였다.

사단장님께서는 가족들이 주말에 오면 개인 승용차를 직접 운전하시면서 아무도 수행을 하지 못하게 하고 출타하시곤 했다. 그러나 마음대로 어디든 가실 수 있는 것은 아니었다.

사단장님께서는 발상의 전환으로 차량 장착 무전시스템을 구상하여 외출하실 때는 개인 승용차에 P-77무전기를 장착할 수 있도록 장치대를 만들고, 사단 주변의 무선통화지역 분석도를 만들어서 CEOI(통신전자운용지시)를 가지고 출타를 하셨다.

가족들과 함께 간섭받지 않고 관내지역을 다니기 위해서 필요한 조치였지만, 상황실 근무하는 간부들에게는 곤혹스러운 일이 아닐 수 없다. 공관에서 나가셔서 어느 방향으로 가신 것까지는 알지만 그 뒤로 어디에 계신지 추적이 되지 않아서 안절부절 할 수밖에 없었기 때문이다. 지금도 그렇지만 지휘관의 행선지를 상황실에서 모르고 있다는 것은 상당한 질책감이였다. 그렇다고 무선으로 사단장님을 호출해서 어디에 계시냐고 물어 볼 수도 없는 것이고……

그래도 출타 중 가끔씩 무전호출을 하셔서 부대 이상유무를 물으셔서 상황실에 근무하는 간부들이 불안해하지 않도록 배려하셨다. 일직근무를 하다가 무전을 받으면 그렇게 반가울 수가 없었던 기억이 난다.

사단장님께서는 가족들과 주변의 한적한 곳으로 드라이브도 하시고, 때로는 토속적인 식당에서 막국수며 산채나물밥과 같은 음식을 드셨다. 아무도 시도하지 못했던 것을 당신의 아이디어로 해결하신 것이다. 이것은 이미 사단장님께서는 오늘의 핸드폰 시대를 벌써 20년 전에 사셨다는 생각이 든다.

★ Look Down

참모로 보직 받고 나서 몇 개월 지나지 않아서 아직은 업무처리가 미숙할 때인데, 하루는 점심식사 시간에 식사를 다 마치고 나서 차를 마시는 시간에 사단장님께서 "인사참모, ○월 ○일이 무슨 날인가?"라고 물으셨다. 갑자기 질문을 받은 인사참모가 벽에 걸려있는 달력을 쳐다보니 공휴일도 아니고, 그렇다고 사단의 중요한 업무가 있는 날도 아니며, 아무리 생각해봐도 알 수가 없어서 난감해 하고 있었다. 함께 식탁에 앉은 다른 참모들도 혹시 자신에게 물어볼까봐 열심히 생각해봐도 생각나는 것이 없어서 서로 얼굴만 쳐다보고 있었다.

그러자 사단장님께서 "사단장 취임 100일 되는 날이잖아!"라고 하시며, 이어서 질문하기를 "아기를 낳고 100일 잔치를 왜 하는지 아는가?"라고 재차 물으셨다. 우리가 흔히 알고 있는 대로 출생해서 가장 어려운 시기를 잘 넘겨서 사람으로서 구실을 할 때가 되었다고 답변을 드리니, "그러면 사단장도 100일 지났으니 사단장 구실할 만하다고 100일 기념행사를 하는가?" 이렇게 질문하시니 대답할 말이 없었다. "네." 할 수도 없고 "아닙니다."라고 할 수도 없는 상황이 된 것이다. 그러자 사단장님께서는 "우리 군에서 쓸데없는데 신경 쓰고 불필요한 일을 하는 것 중에 100일 기념, 지휘관 생일, 취임 1주년 기념 등 지휘관에 대한 아부성 행사가 많은데, 그런 기념일을 챙기려거든 부하의 생일을 챙기는 것이 군의 문화로서는 옳은 것이다. 그러니 일체 쓸데없는 행동은 하지 말라."고 하셨다.

요즘은 많이 변해서 이런 날들을 기념하지 않는 지휘관이 많지만 당시에는 파격적인 지시였다. 그 뒤로도 생신이 돌아오면 그 날짜에 맞추어서 외박을 가셨고, 가시면서도 반드시 당부를 잊지 않으셨는데 "내가 부대에 있어도 아무것도 하지 말아야 하지만, 사단장 외박기간에 생일이 있다고 꽃을 보낸다든가, 케이크를 보낸다든가 하는 간부는 나와 함께 근무할 수 없는 사람이니 군생활 함께 하지 않으려거든 보내라." 하고 엄포를 놓으셨다. 그러나 참모 입장에서는 '부대의 최고 어른인데 어떻게 그럴 수 있는가?' 하는 심정과 '사단장님의 지시는 지켜야 한다.'는 양면에서 갈등할 수밖에 없었고, 그래서 결론은 아주 강하게 강조하셨기 때문에 아무것도 보내드리지 않았다.

이런 일을 겪으면서 누구든지, 일반적으로 어느 부대에서나 하는 일도 사단장님께서는 당신을 위해서라면 일절 금하셨고, 그럴 때마다 "나에게 신경 쓸 시간과 돈이 있으면 부하에게 써라! 부하들이 즐거워하고 편안해 하는 것을 보는 것이 즐겁지 내가 받아서 부담스러운 것은 지휘관으로 이미 자격이 없는 것이다."라고 수없이 강조하셨다.

이러한 경험을 바탕으로 연대장·사단장·군단장의 직책을 거치며 동일한 사안을 가지고 똑같이 강조하고 실천하고 있다. 지금의 부하들도 심한 갈등을 겪고 있는 모습을 보면서 하나의 문화가 바뀌는데 시간이 아주 많이 걸리는 것을 깨닫게 된다.

★ 참모의 반은 깨어있어야 한다

자주는 아니라도 참모들을 공관으로 불러 함께 식사도 하고 술도 하시면서, 개인적이든 업무와 관련 있는 것이든 대화의 시간을 종종 만드셨는데, 나와 짝은 인사참모 황인락 중령이었다. 짝이 있게 된 것은 지휘부와 참모들이 회식을 해도 전원이 술을 먹게 되면 어떤 상황이 발생했을 때 올바른 판단을 하기가 어렵기 때문에 구성원의 반은 맑은 정신으로 있어야 한다는 것이다. 그래서 정보·작전참모 중에 1명, 인사·군수참모 중에 1명씩은 열외를 시키셨다. 그러다보니 군수참모와 정보참모가 짝이 되고 인사참모와 작전참모가 짝이 되었다.

식사에 초대된 날은 긴장될 수밖에 없었는데 이유는 업무에 대해 그동안 지시하신 것을 하나하나 물어보시는 것이며, 다른 하나는 술을 많이 먹어야 한다는 것이었다. 식사는 아주 간단하고 반찬도 소찬이었는데 반주로 포도주를 곁들였다. 기본이 두 병은 있어야 식사가 끝났다. 술을 잘 못하는 인사참모는 이미 식사가 끝날 때쯤이면 취기가 올라있었다.

식사 후에는 응접테이블로 이동하여 양주를 마셨는데 안주는 간단한 마른안주와 냉수가 전부였다. 식사와 음주하는 사이사이에도 업무에 대한 말씀이 많으셔서 그냥 듣고 기억만 하다가는 낭패를 볼 것 같아 처음에는 노트를 가져갔었는데 적지 말라고 하셔서 나중에는 조그만 메모장에 메모를 했다. 어떤 때는 취중에 테이블 밑으로 적은 글씨라서 이튿날 보면 뭐라고 썼는지 해독이 되지 않아 애를 먹고는 했다.

양주를 마실 때는 잔이 빨리 돌아서 좀 쉬려고 테이블 위에 잔을 내려놓으면 "마셔, 마셔." 하시며 사단장님 잔으로 내 잔을 자꾸만 밀어서 잔이 떨어질까 어쩔 수없이 잔을 들게끔 하셨다. 이렇게 먹다보면 한 병은 금방 비고 다시 한 병을 가져오는데 이때쯤이면 인사참모는 졸기 시작하고 결국은 사단장님과 둘이서 대작을 했다.

양주는 주로 패스포트였는데 밤 10시쯤 되면 "작전참모가 사단장 공관에서 일찍 나오면 저 친구 사단장에게 점수가 없다."라는 평가를 받으니 더 있다가 가야 한다는 것이었다. 이렇게 해서 11시가 되면 "작전참모가 12시까지는 버틸 수 있어야지." 라고 하시니 어쩔 수 없이 12시가 넘어서야 집에 갈 수 있었다. 그러다보면 양주 2병은 기본이 되고 어떤 날은 3병까지도 먹게 되는데 항상 사단장님 1호차로 집에까지 보내 주셨다.

이튿날 아침 전혀 흐트러짐이 없으신 사단장님에 비해 나는 머리도 아프고 얼굴은 술이 덜 깨서 붉은 기가 있는 것을 보면 사단장님께서 술에 대한 남다른 소화력이 있든가 아니면 음주 간 생수를 많이 드시는 것이 효과가 있었던 것이 아닌가 생각된다.

★기도하라

군생활하시는 동안 종교를 갖지 않겠다고 하시던 분이 기도하라고 하니까 아이러니컬하지만 매일 기도를 하신다고 한다.

사단 참모를 마칠 때쯤으로 기억된다. 그날도 공관에서 함께 식사를 하고 응접테이블로 옮겨 앉아서 양주를 마시는 중에 부대관리에 대한 이야기가 나왔다. 사단장님께서 부임하신 후 일 년이 다 되어 가는데 인명사고가 한 건도 없어서 자랑스럽다고, 이것은 모두 사단장님의 정성과 공적의 결과라고 말씀드렸다.

1980년대 말에 사단에서 인명사고가 한 건도 없는 사단은 한 해에 1~2개 정도가 있을 때니까 인명사고가 없다는 것은 대단한 일이었다. 그래서 1989년 육본 연말 지휘관회의시 무사고 부대 표창을 받았다.

다시 공관으로 이야기를 돌려서 사단장님께서는 당신도 흡족한 표정을 지으시며 "사고는 쫓아다니며 막는 것이 아니라 예방하는 것이며, 사고예방은 인사참모가 잘해서 되는 것이 아니고 작전참모가 잘해야 한다."고 하셨다.

참모들은 또 공황에 빠졌다. 부대 운영이 합리적이고 무리가 없으며 여유가 있어야 하는데, 부대를 바쁘게 만들고 불필요한 일에 에너지를 낭비하지 않도록 해야 부대가 스트레스 없고, 부대가 스트레스 없어야 간부가 여유가 생기며, 여유 있는 간부라야 병사들을 챙길 수 있다는 지론이시다.

게다가 지휘관은 부대와 부하를 위하여 모든 것을 다 쏟아야 하는데, 부대와 부하를 위하여 매일 기도하지 않는다면 이미 지휘관으로서 부족하다는 것이다.

그래서 사단장님은 매일 기도를 하시는데 잠자리에 들기 전에 제일 멀리 있는 전차대대부터 "오늘 김 중령 대대가 훈련하고 지금 어디서 숙영하는데, 하루 동안 훈련하느라고 고생했다. 푹 쉬고 내일은 안전하게 부대 복귀해라." 이렇게 사단의 모든 대대를 놓고 기도한 다음, 마지막으로 옆방에 있는 전속부관에게까지 "노중위, 오늘 하루 사단장 수행하면서 고생했다. 낮에 언짢게 말한 것은 미안하다. 편하게 잘 자고 내일 다시보자." 이렇게 기도를 하신다고 하셨다. 월남전 참전 때부터 습관이 되서 피곤하든, 술을 마셨든, 외박을 나가든 언제든지 하신다고 하셨다.

'지휘관이 부대와 부하를 위하여 기도하지 않는다면 무엇을 위해서 기도할 것인가?'라는 질문을 하면 답은 명쾌한데 실제 우리는 고급 지휘관이 되어 가면서 얼마나 많은 시간을 부하를 위하여 기도하는지 자문해본다.

★ 참모가정 방문

참모들 관사는 사단 진입로 근처에 모두 모여서 거주하도록 위치하고 있었는데, 사단장님께서는 가끔 관사에 방문하셔서 담소하시는 것을 즐기셨다. 참모들에게는 예고하지 않는 대신 평소 대접할 음식을 두 가지로 정해 주셨다.

한 가지는 소주였고 다른 한 가지는 심심한 김치찌개였다. 그래서 집집마다 소주 몇 병씩과 김치찌개 끓일 돼지고기를 항상 냉장고에 준비해 놓고 있었다.

어느 날 모 참모 집에 사단장님께서 오셨는데 공관에서 출발하시기 직전에 연락이 와서 인접해 살고 있던 참모들이 그 집에 모이게 되었다. 그런데 문제가 생겼다. "왜 김치찌개 한 가지만 준비하라고 했는데 마른안주가 나오는가? 사단장 의도를 모르는군.”
그리고는 돌아가셨다.

다음날 점심시간에 사단장님께서는 어느 한 사람이 반찬 한 가지를 더 준비하면 다음 사람은 두 가지를 준비하고, 그 다음 사람은 세 가지를 준비하는 경쟁에 빠져 사단장의 부담 없는 방문은 변질되기 때문에 단호하게 행동한 것이라고 하셨다.

음식뿐만 아니라 다른 업무에서도 이런 경쟁이 부대를 힘들게 하고, 비정상적인 부대 운영이 된다며 지휘관은 군생활하는 동안 경계할 부분이라는 하셨다.

당시에는 당황했지만 주변에서 이런 모습들을 많이 보면서 고급 지휘관의 단호한 행동이 반드시 필요하다고 생각한다.

★ 지휘관은 종교가 없다

나는 어려서부터 천주교회를 다니고 있었고, 군에 와서도 대체로 성실하게 다니는 편이다. 참모를 하는 동안 집사람이 오르간 반주를 하던 때라서 나름대로 즐거운 마음으로 신앙생활을 하던 기간이었다.

그런데 사단장님께서는 종교가 없다고 하시지만 사모님은 천주교회에서 세례도 받고 주말에 공관에 오실 때는 성당에도 빠짐없이 오셨다. 재미있는 것은 사모님이 오시면 사단장 공관에 있는 전속부관을 포함해서 모든 근무병들을 내무반으로 복귀시키셨는데, 일주일에 한번이라도 부관과 근무병들이 자기정비도 하고 내무반 동료들과 어울려서 운동할 시간도 주어야 하며 사단장도 가족이 해주는 식사를 해야 한다는 것이다.

병사들은 내무반으로 간다지만 전속부관은 독신자숙소가 따로 없어서 동료 숙소에 가서 얹혀서 잠을 자고, 밥은 참모들 집에서 먹기도 하고, 매식을 해야 하는 처지라서 어떤 때는 오히려 불편하다는 하소연을 하기도 했다.

그러다 보니 사모님이 성당에 오실 때는 사단장님께서 개인승용차를 운전해서 모시고 오셨는데 사모님만 내려드리고 다시 복귀하셨다가 미사가 끝날 때 다시 모시러 오셨다.

어찌 보면 우습기도 하지만 지휘관이 어느 한 종교를 가지면 부하들이 눈치를 보거나 편견을 가질 수 있기 때문에 군생활 하는 동안은 어떤 종교도 갖지 않겠다는 것이다. 그러면서도 사모님을 모시러 오시면 천주교 신자들을 데리고 현리 시내의 식당으로 가서 가끔 점심을 사주시곤 하셨는데, 신부님과 이야기 하시는 것을 옆에서 들으면 천주교 교리에 대해서 신자인 우리들 보다 더 많이 아시고 계셔서 놀라곤 했다.

군단장으로 있으면서 예하 지휘관 중 편향된 종교관으로 물의를 일으키는 후배들을 보면 그분께서 왜 그토록 철저하게 중립을 지키시려고 애를 쓰셨는지 그 뜻을 헤아릴 수 있음을 느낀다.

★ 재 회

사단 참모를 1년 동안 하고 나니, 원래 사단참모로 오려고 했던 노용건 선배가 육본 근무기간이 경과해서 전출 올 수 있는 상황이 되어 나와 보직을 맞바꾸기로 했다. 덕분에 보직 걱정 없이 다음 보직이 결정되었다.

그런데 참모를 마치고 육본으로 가려면 명령을 내야 하는데 사단장님께서 명령 없이 몸만 가라는 것이었다. 육본은 고참들이 많아 일을 잘해도 1년차에는 평정을 잘 받을 수 없으니, 평정은 사단에서 쓸 수 있도록 사람만 가서 일하라는 것이다. 사실 이것은 비정상적인 조치이고 육본에 있는 과장과 동료들에게 눈치 보이는 일이었다. 사단장님께 명령을 내서 가고 싶다고 말씀을 드렸더니 아직 군생활이 짧아서 잘 모르고 하는 소리라며 "내가 조치 할 테니 걱정하지 말고 가라."고 하셨다.

마침 참모장님께서 육본 작전참모부 행정과장을 마치고 오신 분이라 협조가 잘 되어서 1989년 12월 1일 육본 작전참모부로 전출을 갔다.

예상대로 우리 과장께서는 명령 없이 왔다는 이유로 알게 모르게 불편한 심기를 나타내셨고, 주변 동료들의 시선도 곱지 않아서 난감한 몇 달을 보내고 1990년 3월 16일부로 명령이 발령되었다.

이렇게 육본에서 1년이 지나고 2년차가 되었는데 그 해가 대령 진급심사 대상자가 되는 첫해였다. 그러다보니 동기생들 간의 경쟁이 되고, 경쟁자인 동기생들 간에 이런저런 소문이 돌았다. 나도 예외는 아니라서 육본 전입올 때 평정을 잘 받기 위해서 4개월이나 명령 없이 근무한 장교로 인사군기 문란자란 소문이 있었지만 사실은 사실인지라 어쩔 수 없이 감수할 수밖에 없었다. 때로는 왜 그때 단호하게 하지 못 했나 후회가 되기도 했다.

그런데 또 한 번 사단장님께서 나를 살려주셨다. 사단장을 마치시고 1군 부사령관으로 잠시 계시다가 육본 작전참모부장으로 부임하셨다. 이렇게 되니 부장님이 사단장 시절에 조치했던 일을 거론할 수 없는 상황이 되면서 자연스럽게 소문은 잦아들고 나는 그 해에 1차 진급에 선발될 수 있었다.

★ 운 명

부장으로 부임하셨지만 실무장교와 부장과의 관계는 참모와 사단장과의 관계와는 전혀 달랐다. 부장님을 만나려면 대면보고 할 일이 있어야 하고, 보고할 때도 과장이 항상 배석하기 때문에 사적인 이야기는 할 수 없었다.

당시 과장이던 이상세 대령님은 부장님과의 관계를 잘 알고 계셔서 "한 중령! 내가 배석할 필요 있나? 혼자 가서 보고 드려." 하시며 가끔 차 한 잔이라도 할 수 있도록 배려해 주셨다.

부장님께서도 묵은 회포를 나누고 싶어도 다른 실무자들의 입장도 고려해 가급적 표를 내지 않으시려고 노력하셨다. 그러면서도 어떤 날은 집에 퇴근해서 와 있으면 부장님 차량 운전을 하던 하사가 집으로 찾아와 "부장님께서 데려오라고 하셨습니다."라고 해서 가보면 허름한 식당에서 기다리시고 계시다가 함께 식사를 하기도 했다.

이때도 남들의 눈을 의식해서 차를 집 앞에 대지 않고 아파트 건너편에 주차했다가 데려가시고, 복귀할 때도 집까지 태워다 주시지 않고 1정문 앞 다리까지만 태워다 주셨다.

술을 먹어서 취기가 오른 상태로 집으로 걸어오면서 생각해보면 "참 철저한 분이시다."라고 생각할 수밖에 없었다.

그러다가 1991년 나는 대령으로 진급되었고, 부장님께서도 군단장으로 발탁되셨다고 발표되어 뛸 듯이 기뻤다.

군단장 발표 다음날 부장님께서 부르셔서 차후 보식을 물어보셔서 특별히 내정된 곳이 없다고 말씀드렸다. 부장님께서는 군단장으로 내정된 7군단 감찰참모로 가지 않겠느냐는 의사를 비치셨고 나는 감사한 마음으로 가겠다고 답변을 드렸다.

하루가 지나서 다시 부르시더니 같이 가지 않는 것이 좋겠다는 것이다. "근무는 편할지 모르지만 이현부 사람으로 한정되어 군생활에 좋지 않을 것이다." 하시며 다른 보직을 알아보라는 것이었다.

그 해에 노용건 선배도 사단참모를 하고 나와 같이 진급이 되었는데, 이현부 장군님이 7군단장으로 부임하신 후에도 감찰참모 자리는 공석으로 있었고, 노용건 선배가 가고 싶다고 했으나 나와 같은 이유로 오지 말라고 하셨다.

그러나 다른 곳으로 갈 곳도 없었던 노 선배는 다시 군단장님께 간청하여 감찰참모로 가게 되었다. 이것이 운명을 갈라놓는 결정이었고, 노 선배는 이 장군님과 함께 헬기사고로 순직하셨다

이현부 장군님이 순직하신지 오랜 시간이 지난 지금도 과거를 돌이켜보면, 운명이 없다고 어찌 말할 수 있겠는가? 참모로 함께 가자고 하실 때 나는 즐거운 마음으로 가려했으나 부하의 장래를 생각해서 결정을 번복하셨고 노용건 선배도 장기간 공석이다 보니 마지못해 참모로 기용하셨는데, 이것이 운명을 바꾸어 놓은 결정이 되었다.

당신의 편함보다는 부하의 장래를 먼저 생각해주시는 헤아림은 내가 죽는 날까지 이현부 장군님께 받은 빚으로, 나로서는 그렇게 해야만 하는 너무도 지당한 몫이 되었다.

지금도 그 때 배운 고 이현부 장군님의 많은 가르침을 알면서도 다 실천하지 못하고 있음이 부끄러울 때가 많다.

동해안 연대장

1992년 12월에 대령으로 진급을 했고, 다음해 연대장 부임지가 결정되었다.

누구든 자신이 근무하고 싶은 곳이 있게 마련이지만 군인은 근본적으로 명령에 따르는 것이 군복을 입은 모든 군인의 숙명이다.

나는 대위에서 소령 시절 수방사에서 4년을 근무했고 중령 때부터 대령 초기까지 또 3년을 계룡대에서 근무했으니 당시의 인사 분류 방침에 따라 재경지역에서 가장 먼 곳으로 발령 나는 것이 순리였다.

덕분에 동기생들 중에 제일 먼 거리에 위치한 22사단 53연대장으로 분류되어 이듬해인 1994년 4월에 부임하여 1995년 11월까지 20개월을 동해안에서 근무하게 되었다.

내가 부임한 연대본부는 동해안이 그림같이 아름답게 보이는 공현진이라는 조그만 어촌에 위치하고 있었고 관사는 봉화산 자락에서 동해를 바라보고 있어서 아침이면 일출이 정말 장관을 이루는 별장 같은 곳이었다.

해안경계를 담당하다 보니 어민들과 많은 일들이 얽히고설켜서 좋은 추억도 많고 어려운 일도 많았다.

특히 해안경계 때문에 갈등이 많았는데 이른 봄이면 돌미역과 김, 성게를 채취하려고 출입금지 시간에 철책 밑의 모래를 파내고 몰래 들어가서 조업을 하다가 초병에 의해서 발각되어 불순분자로 조사를 받게 돼서 원망을 듣기도 하고 조금이라도 일찍 조업하러 출항하려는 선박 때문에 갈등을 겪는 일은 예사였다.

여름이면 20여 개가 넘는 해수욕장 개장구간과 개장시간을 설정하는 일이 정말 힘들었다.

개장구간을 설정하여 현장에서 허용구간에 말목을 설치하고 나면 감시가 없는 틈을 타서 말목을 옮겨 꽂아놓고 우기는 경우도 다반사고 개장시간이 종료되었음에도 피서객들이 해안을 떠나지 않고 통제하는 초병과 싸우는 일도 많았으며, 심할 때는 피서객이 초병을 폭행하는 사태까지도 발생했다.

연대장들은 전임 연대장은 여름을 두 번 나고 후임 연대장은 겨울을 두 번 나야 하는데 모두들 여름을 두 번 나는 연대장이 되지 않기를 바랄 정도로 힘든 업무였다.

지금도 그렇지만 영동지역에서도 유난히 폭설이 많은 곳이라 겨울을 두 번 나는 연대장도 만만한 것은 아니었다.

화진포가 책임지역에 있다 보니 여름 휴가철이면 지인들이 지역에 놀러왔다가 연락을 하면 한 번씩은 찾아봐야 하는 일도 보통일이 아니었다.

덕분에 친구들과 후배들이 다녀갈 때는 잠시 어울려주고 좋은 횟집 소개해 준 것이 세월이 흐른 뒤 만나면 그때 신세 많이 졌다고 하는데 정작 나는 기억나지 않는 경우도 많았다.

또 철마다 나는 해산물이 다르고 태백산맥을 등지고 있다 보니 산나물도 다양하고 가을이면 송이버섯이 나는데 이런 특산물을 구해달라는 부탁을 받으면 난처할 때가 많았다.

동명항에서 속초해경과 함께

연대장 때가 아내와 아이들이 함께 생활한 마지막 근무지였는데, 간성에 있는 학교를 다니는 아이들에게 버스를 타고 다니게 하고 군용차는 타지 못하게 했으며 부대원들에게도 태워주지 못하게 했다.

여름철 더운 날씨에 하교하던 아이들이 버스에서 내려서 관사까지의 시골길을 걸어오는데 어느 참모가 1/4톤 차를 타고 가다가 아이들을 보고 아는 체하고는 태워주고 싶지만 아빠가 태워주지 말라고 했다고 그냥 지나쳐 갔다고 지금까지 두고두고 곱씹고 있다. 당시 생활을 지금도 원망스럽게 이야기를 하면 미안하고 너무 과했다는 생각이 든다.

연대 본부 가까이 참모들 관사가 있고 멀지 않은 곳에 대대장들이 함께 살지만 가족들은 자녀들 양육하는 것 외에는 특별히 소일거리가 없어서 테니스를 가르치기로 하고 레슨을 하여 주말이면 모여서 함께 운동을 하였다.

나중에는 재미를 붙인 가족들이 더 적극적으로 운동을 하다 보니 사단 창설기념일이면 가족들이 우승하는 즐거움도 누렸다.

지금도 일 년에 한 번 정도 모이는데 모일 때마다 테니스를 하게 되어서 그때 테니스를 배우지 않았으면 만나서 무엇을 했겠느냐는 농담을 한다.

　며칠 전 연대장실 근무병으로 복무하던 병사가 전역 후, 사회적 기반을 닦은 후에 군생활 시절 지휘관이었던 나를 수소문하여 교육사령부로 찾아오게 되었다. 그와 중식 도중 군생활 중에서 가장 기억에 남는 것이 훈련하던 때라고 하며, 그때의 기억을 되살려 주었는데, 야외훈련 때마다 연대장이라고 특별대우 받는 것을 완전히 없애고, 식사도 병사들과 똑같이 먹고 군용품 외에는 일체 사용을 하지 않았으며 식기도 반합 한 개로 해결했다는 것이다.

　훈련 중에는 위장부터 복장, 전술행동을 똑같이 하고 상급부대에서 방문이나 순시를 해도 특별히 대우를 해주는 것이 없어서 불평을 사기도 했다. 그 외에도 많은 청탁을 받았지만 원칙에서 벗어난 일은 단호히 거절하는 것을 보고 "우리 연대장은 장군이 되기 어렵겠다."고 생각했는데 3성 장군까지 된 것이 신기하다고 이야기해서 함께 식사하던 군인들이 모두 웃었다.

군대교육

연대장을 마치고 1995년부터는 교육사에서 학교교육처장 임무를 수행했다. 지금까지 많은 직책에서 임무를 수행했지만, 학교교육처장 때 가장 많은 일을 했던 것 같다.

집안에도 많은 일들이 일어났다. 처갓집 공장을 위탁경영하던 서 사장이 부도를 내고 도주하는 바람에 처갓집은 빚을 처리하느라 애를 먹었었는데, 다행히 동서인 유 박사가 헌신적으로 어려운 일들을 처리해주어 파탄은 막을 수 있었다.

그 해 봄에는 아내가 갑상선 수술을 받았다. 처음에는 암인 줄 알고 몹시 걱정했으나 다행히 악성이 아니라서 수술과 치료가 잘 끝났다. 나도 오른쪽 쇄골이 자꾸 말썽을 일으켜서 1996년 11월에는 수술을 받기도 했다.

부대에서의 생활을 돌아보면 참 마음 고생이 많았던 때였던 것 같다. 평범하지 않은 성격의 상급자와 업무를 하면서 가슴 아픈 일이 여러 번 있었다. 항상 부하를 불신하고 의심하는 모습과 매사 자신의 스타일과 생각에 일치하지 않는 것은 나쁜 것으로 매도하는 태도, 그러면서도 스스로는 항상 남의 이야기를 잘 들어준다고 입버릇처럼 이야기하곤 했다.

군을 위해 이렇게 해야 한다고 입으로는 이야기하지만, 상급자의 지시는 금과 옥이기 때문에 절대 변경해서는 안 되며, 그것도 특히 인사권자의 이야기라면 전혀 무비판적으로 수용하는 굴종적인 자세는 정말 우리 실무자들을 피곤하게 했다.

사령부에서 추진하는 업무 스타일을 보고 실망스러운 면도 있었다. 상급부대의 지시에 무조건 따르기 보다는 충분한 대화와 협조를 통해 업무가 추진되기를 바랐지만 일방적으로 지시를 받는 것이었다. 정책이라는 것은 잘못될 수도 있다. 그러나 그것을 사람이 바뀔 때마다 백지화하고 다시 추진한다면 냄비 가게도 아닌데…….

인간이 하는 일은 완전할 수 없다. 그렇기 때문에 사람이 아닌가. 비록 잘못된 것이 발견된다 하더라도 앞의 것을 버리기 보다는 수정하고 보완해 나가야 만이 경제적인 면이나 일관성에서 더욱 값질 것이다.

이러한 현실이 답답할 때면 뒷산을 등산하면서 많은 사색을 했다. 나 자신이 어떻게 살아가고 있나? 업무에 대하여 정말 옳은 방법이었다고 자신할 수 있나? 그리고 그것은 누가 보더라도 만족할 만한 수준이었나?

나는 '개혁'이라는 단어를 근본적으로 좋아하지 않는다. '개선' 또는 변화되어 가는 것이지 인위적으로 색깔을 바꾸고 모양을 바꾸는 것은 또 다른 개혁을 해야 할 과제를 남긴다고 생각한다.

리더의 임무는 조직의 현재 모습이 아니라 앞으로 될 수 있는 모습을 바라보라는 말이 있다. 항상 지금 당장 눈앞에 닥친 일에만 급급할 것이 아니라 그 일을 하면서도 조금 앞의 미래, 그리고 더 나아가 조금 더 먼 미래를 내다보고 설계할 수 있어야 한다. 그러한 리더만이 조직을 개선시킬 수 있고, 개선되지 않고 멈춰선 조직은 결코 생존할 수 없다는 것을 군의 모든 리더들은 깊이 새기고 행동해야 할 것이다.

바 보

2009년 12월 2일 17시

군생활을 하며 시간이 가용한 한 체력단련과 스트레스 해소를 위해서 운동을 자주 해왔고 이 날도 겨울이지만 날씨가 따뜻하여 테니스를 했다.

교육사령부로 부임하여 부대의 활기를 고조시키고 부대원들간 화합을 위해서 정구장을 자주 찾았는데, 계급과 직책에 무관하게 스포츠로 최선을 다하는 경기를 해오던 터라 이 날도 3게임 중 첫 게임을 지고 나서 두 번째 게임을 했는데 열세를 면치 못해서 4대 2로 지고 있었다.

게임에 지는 편이 그 날 저녁을 사기로 한 게임이라서 더 열을 올려서 경기를 하던 중, 역모션이 걸린 볼을 무리하게 점프를 하며 받는 순간 오른쪽 옆구리에서 "뚝" 하는 소리가 들리며 몽둥이로 맞는 것 같은 충격을 받고 주저앉으며 아뿔싸 갈비뼈가 부러졌구나 하고 순간적으로 느꼈다.

가까이 있는 대전병원으로 가서 엑스레이를 촬영하니 역시 8번 갈비뼈가 골절되었다. 응급처치를 받고 진통제 주사를 맞고, 감기약 처방을 받고 복대를 하고 집으로 돌아왔는데 통증이 계속되는 것이 숨쉬기조차 힘들었다.

매일 저녁 그렇듯이 서울에 있는 아내에게 지휘보고 (?)를 하며 갈비뼈가 부러졌다고…….

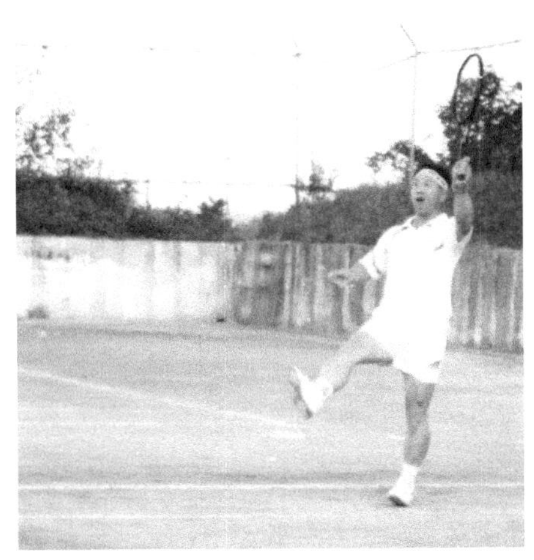

53연대 정구장에서

돌아온 반응이 "당신, 바보 아니에요?"

그도 그럴 것이 벌써 네 번째 골절이고 군생활 동안에 특별히 아픈 곳은 없었지만 골절로 인해서 가족에게 몇 번씩 힘들게 했으니 '바보' 소리를 들어도 싸다는 생각에 고통스럽지만 웃음이 나왔다. 하기야 나도 골프 치다가 갈비가 부러졌다는 말은 들어봤어도 테니스 하다가 부러졌다는 말은 못 들어봤으니 당연한 반응이다.

처음 뼈가 부러진 것은 1971년 육사생도 1학년 때의 일이다. 육사에서는 봄·가을 두 번씩 체육대회를 한다. 종목은 시대에 따라 변하지만 어떤 종목이든 승리하려는 투지는 대한민국의 집단 중에 가장 강렬할 것이다.

군인이 되겠다고 사관학교를 지원한 젊은이들이니 게임마다 목숨을 걸고 싸우는 수준의 투지 때문에 생도대 장교들이 긴장 할 수밖에 없었다.

춘계 체육대회 때 봉도전이라는 경기가 있었는데 10m쯤 되는 장대 끝에 깃발을 달아 놓고 2개 중대가 상대방 깃발을 먼저 뺏으면 이기는 경기였다. 나는 우리 중대 봉을 사수하는 임무를 받고 봉을 지탱하는 역할을 했는데 상대방의 공격수들이 우리를 밟고 깃대를 향해 돌진할 때 왼쪽 손목이 밟혀서 손목 위의 팔뼈가 부러졌다. 병원에서 기브스를 하고 4주를 생활했는데 부러진 팔은 아프지만 모든 운동, 얼차려, 청소, 작업 등이 열외 되어서 아주 편한 한 달을 보냈다.

두 번째 골절은 대령 진급을 하고 나서 연대장을 나가기 전에 818계획단에 근무할 때, 육본에 중령으로 전입을 와서 작전계획장교, 작전장교를 하며 운동할 시산이 없어서 건강 유지 수단으로 자전거로 출·퇴근을 하고 시간이 날 때마다 육본 주변을 하이킹한 지 1년쯤 경과한 시기였다.

자전거를 오래 타다보니 브레이크가 닳았고 이곳저곳이 고장 나서 브레이크도 갈고 정비를 하여 기분 좋게 출근을 했다. 일과를 마치고 퇴근하던 길에 계룡대 본청에서 정문 쪽으로 신나게 내리막길을 달렸다. 교차로에 이르러서 브레이크를 잡았는데 앞 브레이크는 새 것이라 너무 세게 작동되었고, 뒤 브레이크는 헐거워서 중심을 잃고 그만 곤두박질을 했다. 달리던 탄력 때문에 몸이 공중으로 뜨는 순간 얼굴을 부딪치지 않으려고 몸을 돌려서 아스팔트에 떨어지는 순간, 우측 어깨를 부딪치며 "우지직" 소리가 나더니 우측 쇄골이 복합골절 되었다. 다행히 얼굴은 다치지 않았지만, 쇄골이 완전히 부서져서 수술을 받았다. 첫 번째 수술을 잘못해서 재수술을 두 번을 더 받고 3년이나 고생했다. 마지막 수술을 민간대학병원에서 받았는데 대학교수인 의사가 "어떤 돌팔이 의사가 이따위로 수술을 했나?"라며 한심하다고 하는 말을 들으며 의사 잘못 만나면 나쁜 말로 개고생한다는 교훈을 얻었다.

세 번째 골절은 7군단 작전참모를 할 때인데 이때도 테니스를 하다가 좌측 발목이 부러졌다. 나의 못된 성격이기도 하지만 운동을 하면 너무 몰입을 해서 몸을 아끼지 않는 버릇 때문에 일어난 일이다.

수요일 오후에 군단장님을 포함해서 모든 참모들이 운동을 하고 있는데 나는 일이 많아서 나가지 못하고 사무실에서 업무를 하고 있을 때 군단장님께서 "왜 작전참모는 운동하러 안 나오냐?"

7군단 정구장에서

라고 하신다기에 대강 일을 정리하고 테니스장으로 갔다. 이미 두어 게임 정도가 지난 때인데 군단장님께서 "작전참모 왔으니 게임하라."는 지시에 미처 몸도 풀지 못하고 경기에 참가했다. 상대팀이 운동을 잘하는 장교였는데 빈자리와 사이드로 얄밉게 공을 주는 스타일이었다. 나는 어떤 공도 악착같이 받아내야 직성이 풀리는 스타일이니 임자를 만난 것이다. 예리한 각도의 사이드로 빠지는 공을 받으러 뛰어가다가 배수로에 왼쪽 발목이 빠지며 복숭아 뼈가 부러져서 발이 돌아갔는데 기무부대장이 뛰어 들어와서 발목을 삔 것 같다며 잡아당겨서 결국은 수술까지 받아야 하는 상황이 되었다. 이렇게 네 번의 골절사고가 전부 운동을 하다가 발생했다. 그냥 즐기면 될 운동도 전쟁을 하듯이 몰입하다가 다쳤으니 나를 잘 아는 아내가 '바보'라고 할 수밖에 더 있겠는가. 언제까지 바보같이 살지 모르지만 운동 때마다 대충하는 것은 도저히 성격에 안 맞으니 큰일이다. 더구나 골프는 잘 치지도 못하는데 승부욕이 앞서서는 안 될 것 같고……

마지막 행군

행군!

군인은 행군을 통해서 성장하고 강해지고 여물어가는 필연의 과정이라고 하면 전 세계의 모든 군 출신이 공감할 것이다.

군인이라면 훈련소에서 사복을 군복으로 생전 처음 갈아입은 훈련병부터 군문을 떠나는 순간까지 어떤 군인에게도 면제되기 어려운 인고의 시간으로 기억될 것이다.

1971년도에 육군 사관학교에 입학해서 최초로 하계군사훈련시 태릉 부근에서 40km를 행군한 것이 나의 첫발이었던 것으로 기억한다.

쏟아지는 졸음과 천근같은 다리, 시간이 흐를수록 무게가 점점 무거워지는 배낭, 물집이 잡혀서 발을 내딛을 때마다 화끈거리는 발바닥의 고통은 힘들다는 표현으로는 부족한 정신적, 육체적 한계를 넘어서는 여정이었다.

2010년 1월 28일 나는 군에서 마지막 행군을 했다.

교육사령부 동계 혹한기훈련의 일부로 실시하는 40km 행군을 동참해서 하겠다고 하니, 비서실장과 다른 장군들이 무리하지 말라고 만류했지만 결국은 강행했다.

3성 장군이 병사들과 함께 밤새워 걷는 것이 남들이 보기에는 자기 과시나 쇼를 하는 것으로 보였겠지만 내게는 군생활 동안 매 계급마다 의미있는 행군을 해왔다.

이제 군생활을 접어야 하는 마지막 계급과 직책에서 행군을 하며 자신을 돌아보는 시간을 갖고 아직도 군인으로서 건재함을 스스로 확인하고 싶었기 때문이다.

주변에서 만류하는 사람이 하도 많아서 20km씩 두 번 나누어 걷겠다고 하고서 합류했지만 내심으로는 완주하겠다고 이미 작심한 상태로 시작했다.

날씨는 영하지만 그다지 춥지 않았고 몸의 컨디션도 좋아서 충분히 걸을만 했다.

걷는 동안 지금까지 행군하던 과거를 돌이켜 생각하며 추억들을 떠올리니 오히려 유쾌하고 걷는 걸음노 가벼웠다.

1975년 소대장 때는 장거리행군보다는 급속행군이 일주일에 한 번씩 있었는데 매주 토요일이면 완전군장으로 10km를 뛰어야 일주일이 마무리 되는 게 관례였다.

지금 기억하기로는 9월쯤이었던 것으로 생각된다. 그 날도 중대장의 지휘로 소대를 인솔하고 구보를 했는데 다른 때와 달리 소대원 여러 명이 낙오를 해서 심기가 불편했다. 중대장으로부터 똑바로 하라는 질책을 받으며 낙오자들을 데리고 힘들게 복귀했다.

위병소를 통과하는데 부모님께서 처음으로 위병소에 면회를 와 계시는 것을 보았다. 부대에 도착해 인원과 장비를 점검하고 면회 나갈 생각으로 서두르고 있는데 중대장이 호출했다.

그날따라 중대장이 유독 화를 내며 심한 질책을 하고 저녁 식사 전에 다시 구보를 하겠다고 할 때는 정말 직속상관이지만 가슴속에서부터 미움이 부글부글 끓어올랐다. 그러나 지휘관의 지시니 어쩔 수 없이 소대로 돌아와서 중대장 지시를 전달하면서 소대원들을 격려하고, 위병소에 계신 부모님께 퇴근이 늦을 것이라는 전갈을 보내고 두 번째 구보를 나갔다.

이미 지쳐있는 소대원들은 처음보다 더 느렸고 대열을 갖추기가 어려워서 힘들게 구보를 하였다.

부대에 복귀해서 이상이 없는지 점검한 후 위병소로 달려가 보니 부모님께서는 이미 떠나셨다. 그 당시는 막차가 저녁 6시면 끝이었는데 막차시간이 되니 집으로 돌아가신 것이다. 그 뒤로 부모님은 내가 군생활하는 동안 두 번 다시 면회를 오지 않으셨는데, 이제 아버님은 타계를 하시고 어머니께서는 병들어 누워계신 것을 생각하면 참으로 회한에 젖는다.

중대장 때도 행군은 계속되었고 소령이 된 후 수기사에서 중령 진급명령을 받고 여단 작전과장을 할 때 유격훈련을 마치고 복귀하는 직할부대를 내가 인솔하게 되었다.

1986년도 말에 대대장직으로 내정되어 있어서 마지막 완전군장 행군을 하겠다고 결심하고 규정대로 배낭을 채워 넣고 60km 행군에 나섰다. 완전군장을 하게 된 것은 대대장을 나가게 되면 그 뒤로는 완전군장을 하고 걸을 수 있는 기회가 없기 때문에 마지막으로 자신의 능력도 테스트할 겸 군생활에 대한 다짐을 새롭게 하기 위한 나름대로의 생각 때문이었다.

그런데 작전과장으로 근무하면서 운동도 부족하고 직무에 시달려서인지 군장 무게가 만만하지 않은 것이 출발부터 걱정이 되었다. 아니나 다를까 30km를 넘어서고 부터는 도중에 포기하고 싶은 유혹이 점점 심해졌다.

자정에 수원산 입구에서 야식을 싣고 온 트럭과 혹시나 하는 마음에 작전과 선임하사가 인솔해온 작전과장 차를 보니 갈등이 이만저만이 아니있다. 그러나 어기서 포기하면 앞으로 남은 군생활에서 어려움이 닥칠 때 어떻게 극복하겠나 하는 생각에 차를 돌려보냈다. 정말 이를 악물고 제정신이 아닌 상태로 완주를 하고 새벽이 되어서 부대에 도착했을 때는 쓰러지기 일보 직전이었지만 그래도 마지막 완전군장 행군을 했다는 스스로의 위안으로 버틸 수 있었다.

그 후 대대장이 되어서는 북괴군들이 장거리 행군을 대폭 증강한다는 정보에 따라 야전의 전 부대가 100~200km 행군을 일 년에 두 번씩 정례적으로 하는 시기였다. 이때도 지휘용 차량을 탈수도 있었지만 끝까지 걷겠다는 각오로 한 번도 탑승하지 않고 완주하였고, 주둔지 2km전에는 대오를 정비하여 대대장이 기수와 함께 제일 선두에 서고 구보로 복귀했다. 덕분에 악랄하고 지독한 대대장으로 지목을 받았다.

부대에 복귀해서 인원점검을 마치면 전 간부들은 트레이닝복으로 갈아입고 연병장에서 집단축구를 했는데 모두들 발바닥이 물집이 잡힌 상태를 넘어서 발바닥이 통째로 뜬 상태였으니 지금 생각해도 욕을 먹어도 싸다는 생각이 든다.

축구 후에는 연병장 가운데 원형으로 둘러앉아 맥주를 한 병씩 마셨는데, 평생에 가장 맛있는 맥주가 이 때 먹은 맥주였다.

연대장은 1994년도 동해안에서 했는데 이때도 유격훈련 후에 60km 행군을 한 시기였다. 그 당시 나는 군생활 마지막 60km 행군이 될 것이라 생각하고 부대원들과 완주를 하기로 마음먹었었다. 연대 참모들에게 소령 시절, 완전군장으로 행군한 경험담을 이야기하니 연대 참모들이 자신들도 해보겠다고 군장을 짊어지고 행군에 나섰다. 그러나 오후 2시에 출발한 소령들이 저녁식사 때는 도저히 군장을 메고서는 못하겠다고 식사 추진 차량에 군장을 모두 돌려보내는 것을 보며 지난날의 내 모습을 떠 올리며 웃음이 나왔다.

아침이 되어서 연대에 도착하니 언제나 그렇듯이 군악대가 나와서 연주를 해주고 가족들이 막걸리를 한잔씩 나누어 주는 것을 받아먹으며 군인으로서의 성취감에 젖었다. 장거리 행군 후 군악대의 연주를 멀리서부터 들으며 파김치가 된 몸들을 추스르고 북소리에 발을 맞추는 부하들을 보면 코끝이 찡해진다. 이런 감정이 젊은 장교일 때나 연대장 때나 똑같은 것을 보면 이럴 때 군인이 뭔지 가슴으로 느껴지는 것은 누구나 같은가 보다.

사단장 때는 2년 동안 예하의 전 대대가 행군할 때마다 한 번도 빠짐없이 10~20km씩 함께 걸었고, 당시 17연대에 근무하던 강유미 중위는 지금도 기억에 생생하다. 육사에 최초로 입교한 여군으로 수석으로 입학해서 2등으로 졸업했으며 얼마 전에는 사법시험에 합격한 정말 똑똑한 장교였다. 사단 유격훈련장에서 인제에 있는 부대까지 복귀하려면 광치령을 넘어야 하는데 그 날노 동반 행군을 위해서 따라나섰다. 작은 체구에 자기 몸만한 완전군장을 메고 소대원들을 인솔하며 힘든 내색도 하지 않으며 험하고 가파른 고갯길을 걷던 모습이 또래의 딸을 두고 있는 애비로서 마음이 아프고 안쓰러워서 몇 번이고 괜찮으냐고 물으면 목청을 높여

서 이상 없다고 대답하던 땀에 흠뻑 젖은 강중위의 얼굴이 지금
도 생생하다. 군단장 때도 40km를 두 번 부대원들과 함께 걸었고
산정호수에서 휴식을 하며 병사나 장교나 장군도 똑같이 허기진
상태에서 군종장교들이 가지고 온 커피와 컵라면은 최고의 간식
이었다.

2010년 동계혹한기 야간 행군을 마치고 휴대폰으로 촬영(뒷줄 왼쪽 세 번째)

지난 2010년 1월 28일 행군은 군생활의 마지막 행군이고 전역
후에도 행군할 일이 없겠지만 뒤돌아보면 행군에 집착했던 자신
이 왜 그토록 꼭 완주하려 했는지 웃음이 난다. 하지만 이런 나
의 오기가 군생활을 무난히 할 수 있는 바탕이 되었다고 생각된

다. 행군은 가장 인내력이 요구되고 체력의 한계를 느낄 수 있으며 부하들과 교감할 시간이 제일 긴 과정이었다.

머지않아 사회인으로 돌아가 어디선가 마주칠 군인의 행군제대를 보면 또다시 걷고 싶어지지 않을까 걱정된다.

Ⅴ · 세상을 살아가는 방법

묵은 노트를 정리하다 보니 구석구석에 적어놓은 격언이나 유명한 인사의 명언, 상급지휘관들의 충고, 가끔은 스스로 생각해낸 단편들이 있어서 출처는 명시하지 않고 가볍게 읽을 수 있도록 정리를 해봤다.

★ 세상살이

- 부인에게 인생의 보람과 긍지를 갖도록 하고, 자식에게 인생의 희망과 꿈을 아버지를 보면서 그리도록 해라.

- Blue칼라와 White칼라 개념은 없어졌다. 모두 근로자일 뿐이다.

- 이제는 Golden 칼라가 주도하는 시대다. Golden 칼라는 Idea를 창출하는 집단이다.

- 독서력이 없는 사람은 창의력이 없다.

- 쫓기는 자는 창의력이 나오지 않는다.

- 사람 중에는 인재와 재사가 있다. 인재는 임무수행의 책임을 질 수 있는 비전과 신념을 바탕으로 실천하는 사람이고 재사는 재주는 많으나 비전과 신념이 없는 사람이다.

- 자기의 운명을 남의 손에 맡기지 말라, 스스로 확인하고 결정하라.

- 앞으로 다가오는 시대는 갑자기 변화가 온다. 이에 대비하는 자만이 생존한다.

- 아는 것과 실행하는 것은 천지 차이다

- 산에 자라는 소나무를 봐라. 정상에 서 있는 나무는 키를 낮추고 가지를 내리고 서 있다. 겸손하지 않으면 정상에 서 있을 수 없다.

- 소인은 원인을 밖에서 찾고 군자는 자신에게서 찾는다.

- 남의 이야기를 잘 들어서 자기 것으로 소화하는 사람이 현명한 사람이다.

- 작은 것에 집착하면 나무만 보고 숲은 보지 못하는 것과 같다. 전체를 보지 못하고 앞만 보고 일하는 사람은 리더가 될 수 없다.

- 아는 것은 실천이 수반되지 않으면 실력이 없는 것이다.

- 신념이 바탕이 되지 않으면 추진력은 나오지 않는다.

- 발명은 없다. 숨겨진 것을 발견 할 뿐이다.

- 머슴이 스스로 일을 한다면 언젠가는 주인이 된다.

- 초등학교 때 상을 타지 못한 사람은 아무도 없다. 어제의 성공이 오늘의 실패를 보상하지 못한다.

- 남은 달나라로 가는데 나는 과제해결도 못한다믄 무능한 것이다. 일을 잘하고 못하는 것은 해결책을 얼마나 빨리 찾고 못 찾고의 차이며, 우둔한 자는 포기하는 자이다.

- 미래는 강한 자나 똑똑한 자가 살아남는 것이 아니라 변화에 민감하게 대처하는 자만이 살아남는다.

- 'Power'는 일에서 나온다. 일을 많이 하는 자가 인정받고, 실세이며 승진하는 것이다. 일이 없으면 만들어서 해라.
- 10개의 물구덩이 중 9개를 피하고 1개에 빠지나 10개 모두 빠지나 마지막 모습은 똑같다.

★ 군대살이

- 전투란 문명인을 야만인으로 만드는 것이다.
- 군인은 생명을 담보로 한 직업이다.
- 자기의 운명을 남의 손에 맡기지 마라. 스스로 확인하고 결정하라.
- 지휘관은 하루도 문제가 있는 것을 발견하지 못하면 자신에게 문제가 있는 것이다.
- 지휘관은 명령, 지시, 지침, 위임의 행위 중 하나를 선택한다. 훌륭한 지휘관은 자신의 몫을 구분할 줄 아는 지휘관이고, 무능한 지휘관은 '검토'하라는 지시만 하는 지휘관이다.
- 군에서는 매사에 책임자가 있다. 2명이면 그 중 1명이 책임자다.
- 훈련을 다른 일에 양보하는 지휘관은 전장에서 승리를 적에게 내주는 자다.
- 전투에서 승리한 부대나 패배한 부대나 모두 단점은 다 있다. 차이는 결정적인 단점이냐가 관건이다.

- 부대 지휘는 주력(主力)분야와 사각(死角)분야가 있다. 주력분야는 잘하면 빛나지만 사각 분야는 잘해야 본전이고 잘못하면 수렁에 빠진다. 사각은 구조적 사각과 운영적 사각이 있으며 지휘관의 끊임없는 배려가 있어야 메워진다.

- 부대는 간부의 군화 뒷굽이 닳는 정도에 따라 발전한다.

- 모든 부대와 지휘관에게는 제대에 맞는 역할이 있다. 부하의 영역을 침범하면 구설에 의해 계급이 강등된다.

- 군은 시작과 끝이 분명해야 한다. "신고로 시작해서 신고로 끝나는 것이 군이다."

- 임무를 성공적으로 잘 수행한 사람은 칭찬과 격려하고 몰라서 못한 사람은 가르쳐 주고 알면서 안하는 사람은 처벌하라.

- 참모는 급수가 있다. A급은 시키지 않아도 알아서 하는 참모이며 예상시간에 앞서서 일을 마치는 참모다. B급은 시킨 일을 잘하는 참모이며 예상된 시간에 일을 마치는 참모이다. C급은 시킨 일을 다 못하는 참모이며 시간 내에 일을 마치지 못하는 참모이다

- 부대관리는 바둑을 두는 것과 같다. 빈자리가 생기면 대마가 죽듯이 관심을 두지 않은 곳이 문제를 일으킨다.

- 사격선수로 중대 편성을 한다고 가장 잘 싸우는 부대가 되지 않는다.

- 일의 우선순위는 예하부대와 관련된 업무가 최우선이고 다음이 관련 참모부서와 협조하는 업무이고 자기부서 단독의 업무가 우선순위가 낮은 업무다.
- 책상에서부터 복잡한 일은 실행 불가능한 일이다.
- 유형전투력은 빙산 중 물 위에 나온 부분이고 무형전투력은 물 밑에 있는 부분이다.
- 지시한 것은 확인 하여야 한다. 확인하지 않으려면 지시도 하지 말아야 한다.
- 내가 할 일을 부하에게 맡기지 말고 부하가 한 일을 모아서 내가 한 것처럼 하지 말라.
- 지휘관의 힘이 실리지 않은 일은 성취되기 어렵다. 지휘관을 활용하는 참모가 유능한 참모다.
- 보고를 잘하라. 보고는 나의 책임을 보고 받는 상급자에게 책임을 지게 하는 것이다.
- 군인은 기상, 지형, 적에 대해서 동물적 반응을 할 수 있어야 한다.
- 수박을 통째로 먹을 수는 없다. 큰일일수록 나누어서 해야 하고 중간 진도를 수시로 보고해야 한다.
- 사고는 따라가면서 잡을 수 없다. 길목에 기다렸다가 잡아야 한다.

5군단장 시절 6사단 GP에서

2부 _ 못 다한 이야기

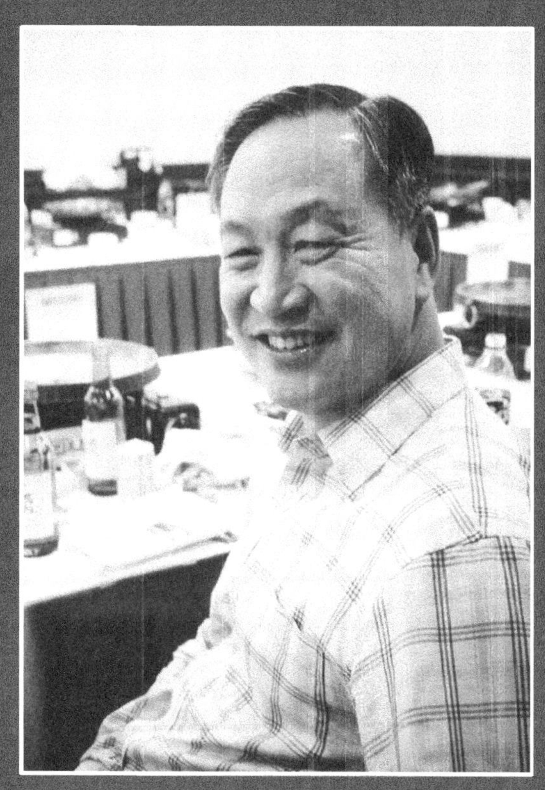

Ⅰ. 인재 양성과 강군 육성

명품 장교 이렇게 만들자

장교는 군의 간성이며, 군 조직을 이끌어 가는 리더이다. 그런 면에서 정예의 장교인력을 확보하고 양성하는 것은 군 전투력 창출의 핵심이라 할 수 있다.

그러나 육군의 장교 양성과정이 과다하게 다기화되어 정예인력 양성의 효율성을 떨어뜨리는 제한요소로 작용하고 있다. 이러한 문제점을 해소하기 위한 장교 양성체계의 개선이 필요하다.

대부분의 국가에서는 육군 장교 양성기관으로 1~2개의 기관을 유지하고 있으며, 전반적으로 과거에 비해 양성교육과정을 통합·단순화하는 추세에 있다.

반면 우리나라는 사관생도 2개 과정과 4개의 사관후보생 과정, 11개의 특수사관후보생 등 17개의 과정을 유지하고 있다.

이렇듯 많은 과정을 유지하다보니 과정별 동일한 수준의 교육환경 여건과 지원이 미비하여 우수 인력 양성이 제한되고 교육지원의 분산 등 자원운용의 비효율성이 나타나고 있어 복잡·다양한 장교 양성교육체계를 통합하고 단순화할 필요가 있다.

따라서 중장기 복무장교를 양성하는 사관생도 과정과 단기복무장교와 중장기 복무장교를 병행해서 양성하는 사관후보생 과정으로 구분하여 운용하는 방안을 고려해 볼 수 있다.

사관생도 과정은 육사와 3사를 통합하여 운영하고, 사관후보생 과정은 학군·학사·간부사관·여군사관을 통합한 대학사관후보생 과정, 특수전문특기를 요구하는 전문사관후보생 과정으로 단순화할 수 있다.

사관생도 교육은 군사전문가를 육성하는 과정으로 4년 동안 군사학과 일반학을 교육하여 군사학 학위와 함께 문학사, 이학사 학위를 병행 수여하며, 군사 전문대학으로서 군사학 교육을 확대하기 위해 관련부처와의 협의를 통해 군사훈련 과목을 학사이수 필수과목으로 하는 등의 개선이 필요하다.

대학사관후보생 과정은 학군단을 운영하는 대학에서 군사학 교육과 방학기간동안 입영훈련을 통해 양성하는데 교육시설 개선, 우수 교관인력 보강, 교육훈련 실무비 등을 증대시켜 교육수준을 높여야 하고, 병 복무기간 단축에 따른 우수인력 확충을 위해 장학금 지급, 전역 후 취업시 혜택 제공 등의 방안이 마련되어야 한다.

전문사관후보생 과정은 11개 병과를 1개 병과로 통합하고 현행 병과체계를 주특기체계로 변경하여 해당분야 학위 및 유자격자를 선발하고 직무교육은 주특기별로 해당 병과학교에서 교육하며, 활용은 현재의 제도와 동일하게 실시한다.

지금까지 그간의 군 경험과 외국군 장교양성체계를 토대로 우리 육군의 장교양성과정의 발전방향을 제시해 보았다.

일부 예비역 중에서 학교의 통합이 어떤 특정한 학교를 폐교하려 한다고 이야기하고 있지만 출신별로 다양화함으로써 진급시에 출신별로 공석을 나누다보면 진정 우수한 장교가 진급이 안 되는 경우도 있고, 출신별로 군복무간 갈등이 내재되어 있는 것은 군의 단결을 저해할 수 있다는 점을 염두에 둔다면 예비역도 같은 선배로서 대접하고 모두가 단합해서 국가안보의 큰 기반으로서 역할을 하는 것이 국가의 미래에도 유리하다고 생각한다.

육군의 장교양성과정이 개선되어 우수한 인력이 양질의 교육을 받고 장교로서의 자부심과 긍지를 가지고 전후방 각지에서 주어진 역할에 최선을 다하는 모습을 그려본다.

교육의 첫 단추를 잘 끼우자!

과학화된 첨단 무기와 전쟁기술의 발달로 우리의 미래전장은 예측하기 힘든 불확실성과의 싸움이 될 것이다.

이를 극복하기 위해서는 전장에 대한 통찰력과 불굴의 용기, 창의력, 전문적인 식견을 갖춘 군사전문가를 육성해야 한다.

즉, '정답을 찍는 로봇'이나 '지침만 기다리는 간부'는 이러한 시대적 요구에 부응할 수 없다. 따라서 현재 우리 군이 시행하고 있는 교육체계와 방법을 개선하여 실전성과 효율성을 제고시켜야 한다. 동시에 과학화된 훈련기법을 적용함으로써 어떠한 상황에서도 능동적이고 창의적으로 임무를 수행할 수 있는 정예 간부 육성을 위해 현 제도상에 보완되어야 할 것을 몇 가지 이야기 하고자 한다.

먼저 군에서의 직무보수과정은 병과와 직능을 초월한 개방형 선택제 교육을 지향해야 한다. 이는 병과별 적정 전문성(군사 SPEC)을 재판단하여 다양한 과정을 개설하여 계급과 무관하게 개인의 희망에 따라 전문성을 확보하도록 교육하고 관리하는 제도이다.

예를 들어 보병장교가 항공에서 개설한 교육과정을 선택할 수 있고, 항공장교도 보병이나 포병과정을 공부할 수 있으며, 일반 전투병과에서 특수전과정 이수할 수 있도록 해 병과 상호간에 필요로 하는 교육을 받을 수 있도록 개방하는 것이다. 이러한 전장기능 중심의 통합 교육으로 다재다능한 군사전문가 육성이 가능할 것이다.

이를 위해서는 현재 학교교육 과목과 체계는 다양한 판단과 견해를 제시할 수 있도록 통합교과형으로 재설계가 필요하다.

통합교육의 최종 모습은 전장기능별로 기동, 화력, 기동지원, 정보·통신, 제병협동센터 등을 설치하여 통합된 교육을 실시하는 것이다. 기동센터의 경우 보병학교와 기계화학교를 통합하여 교육하게 되며 미군도 이미 이러한 센터개념을 적용한 교육훈련으로 전환 중에 있다.

특히 개방형 선택제 교육을 위해서는 번서 이에 적합한 학교별 교관편제가 개선되어야 한다. 과목별 특성에 맞도록 적정 수준의 계급 구조를 조정하고 이에 따른 우수교관을 확보해야 한다. 교관의 전문성은 현재 2년간 단기적으로 순환 활용되는 현역 위주 교관체계로는 불가능하다.

　따라서 장기적으로 활용할 수 있는 전문교관·교수 비율을 지속적으로 확대하고, 교관 특기는 별도로 인사관리하면서 직업성을 보장하여 연구에 전념하도록 여건을 마련해야 한다.

　또한, 교육훈련 환경의 선진화로 시·공간적 제한사항을 극복할 수 있는 원격교육을 활성화하여 개방형 선택제 교육과 연계한 여건을 조성한다. 또한 양질의 학습자료를 적시에 제공할 수 있는 지식화된 정보체계를 구축해야 한다. 전문교관으로 구성된 교재제작팀을 운용하여 다양한 정보를 실시간에 제공할 수 있는 수요자 중심의 학습체계가 이루어져야 할 것이다.

　평가에 있어서도 성적이 진급에까지 영향을 미치는 현 체제로는 창의적 사고가 계발될 수가 없으며, 절대평가제도를 전면적으로 시행해 스스로 심화학습을 할 수 있도록 여건을 조성하되 하향평준화나 평가결과에 대해서는 변별력을 보완할 수 있도록 개선되어야 한다.

　이에 대한 대안으로 탈목표형 평가, 논술·구술평가, 문제모형을 다양화하는 등의 노력이 필요하며 개인의 특징을 판단할 수 있는 교관 관찰평가도 활성화되어야 한다.

　미래전에 대비하고 시대적 요구에 부응한 정예 간부육성은 이시대의 긴박한 소명이며 임무형 지휘의 기반 구축은 물론 미래 육군의 인재를 육성하기 위한 지름길임을 되새겨 보아야 할 것이다.

고품격 군사전문가를 양성하자!

21세기 글로벌 경쟁시대에서의 주역은 바로 사람이며, 지식의 활용과 창의적인 인재 개발이 국가발전의 핵심 키워드로 부각되고 있다.

이러한 시대적 요구에 부응하여 우리 군은 군 구조를 병 위주의 양적인 구조에서 전문성을 갖춘 간부 중심의 기술 집약형 구조로 변화시킨다는 목표를 설정하고, 분야별로 요구되는 군사전문가 육성에 많은 노력을 기울이고 있다.

특히 세계 각국은 2차 세계대전 이후 군사학 분야에 대한 학문적인 체계 정립의 필요성이 대두되어 미국을 비롯한 선진국에서는 이미 군사학이 학문으로 자리매김하였고, 우리나라에서도 2002년 교육인적자원부에 의해 정식 학문으로 인정받게 되었다.

이에 따라 민간대학에서는 발 빠르게 군사학 학위과정을 개설하여 학사 및 석사를 배출하고 있으며, 최근에는 일부 대학에서 군사학 박사과정을 개설하여 신입생을 모집하고 과정을 운영 중에 있다.

이 같은 사회 분위기 속에서 많은 군 간부들이 일과 외 시간을 활용해 학위취득을 위한 노력을 하고 있다. 다행히 이들이 도시 인근지역에서 근무할 경우에는 학업을 비교적 쉽게 할 수 있다. 그러나 대부분의 경우 전방 격오지 또는 문화혜택이 제한되는 지역에서 생활하다 보니 학위취득을 위한 여건이 안 되며, 또 기회가 주어지더라도 야간 학업으로 인해 근무에 영향을 주거나 많은 학비 소요 등 시간적, 경제적으로 큰 부담이 되고 있는 실정이다.

이러한 상황을 고려해 간부들이 군생활을 하면서 군내부에서 학위를 취득하는 방법은 없을까 하는 부분을 고민해 보았다.

군사학 학위 수여 및 학점 인정면에서 육군대학은 군사학의 전문교육기관으로 군의 중견간부들에게 상위수준의 전문적인 군사학을 민간대학보다 더 많은 시간과 더 높은 수준으로 교육하면서도 법과 제도적인 제약으로 인하여 군사학 석사학위 수여나 학점을 인정받지 못하는 안타까운 실정에 있다.

따라서 간부들이 군생활을 통해 이수했던 군사학 학점을 연계시켜 학위로 획득할 수 있는 대학원과정을 육군대학에 설립해야 한다.

군사학이 사회과학 분야의 학문체계로 자리매김을 하였고, 병과학교에서 학위 수여요건을 갖춘 경우 군사학 학사학위를 수여하고 있는 것과 연계하여, 군사학 분야의 최고 교육기관인 육군대학의 교육과정에서 상위수준의 군사학 과목에 대한 학점을 인정하고 군사학 석사학위를 수여하는 것이다.

이렇게 된다면 군의 입장에서는 군이 요구하는 양질의 인력을 확보하고 국방전문가를 양성하게 될 뿐만 아니라 석사학위 취득을 위해 민간대학교에 위탁교육을 보내는 소요를 줄이게 되어 절약된 예산을 다른 분야로 전환하는 부수효과를 얻을 수 있다. 이와 함께 개인에게는 자비를 들여 학업을 해야 하는 경제적인 부담을 해소하고 근무에 전념할 수 있는 여건이 조성될 것이다.

따라서 육군대학 교육과정 이수시 군사학 석사학위를 수여하고 학점을 인정하는 것은 다소 늦은 감이 있지만 반드시 추진되어야 할 것으로 생각한다.

눈을 크게 뜨고 제대로 평가하자!

우리는 흔히 전투력을 향상시킨다고 하면 파괴력이 크고, 첨단 기술을 적용한 장비를 도입하고 개발하는 것을 떠올린다. 그러나 전쟁의 승패는 사람에 의해 좌우된다. 육군이 아무리 강한 무기 체계를 갖춘다 하더라도 결국 사람이 그것을 효과적으로 운용해야만 진정한 전투력으로 발현될 수 있다는 것이다.

그렇기 때문에 우리 군은 군인으로서 요구되는 자질과 능력을 충분히 갖춘 사람을 선발해서 임관시키고, 이후 지속적으로 유능한 군인으로 육성시켜 나가기 위한 노력을 기울이고 있다. 그리고 육군에서는 매년 현행 인사제도의 장·단점을 재검토하여 개선안을 내놓고 있다. 따라서 군의 장교와 부사관들이 우리 군을 이끌어가는 리더로서 전문성과 잠재역량을 스스로 개발하여 특정분야에서 사회의 어떤 전문가와도 겨룰 수 있고, 국내·외적으로 최고의 경쟁력을 구비한 인재로 성장할 수 있도록 제도적 기반 조성이 무엇보다도 중요하다.

이를 위해 우선 계급별·병과별로 차별화된 구비기준이 설정되어야 한다. 그간 사회와 학교에서 평준화를 강조하는 경향이 군에도 많은 영향을 미쳤는데, 이제는 잘하는 사람에게 인센티브를 주어서 조직을 상향 지향적으로 만들어야 한다.

마인드를 좀 바꿔서 특별한 능력을 갖춘 인재는 우대하고, 해외근무자·학위취득자·어학우수자에게 가점을 주자는 것이다.

육군은 격오지 근무에 대해서는 가산점을 주면서 각종 자격이나 교육에 대해서는 가산점을 주지 않는다. 미군은 외국어 수준에 따라 자격수당을 중복해서 주고, 터키에서는 임관 동기라도 교육수준이 다르면 진급차이가 크게 벌어진다.

다음은 근무평정체계의 개선이다. 1차 평정자는 피평정자에 대해서 개인적으로 잘 알고 장·단점을 다 파악한 상태에서 평가하기 때문에 상관없지만, 2차평정자만 해도 대상자를 몇 번 보지 못하고 평가하는 경우가 많고 진급심사위원은 대상자를 처음 접하는 경우가 거의 대부분이다.

평정표를 통해 평정자의 특성이 어느 정도 드러나야 위원회에서 판단이 가능할 텐데 지금의 평정요소는 그렇지 못해 변별력이 떨어진다. 리더십 발휘의 결과로 나타나는 공과(功過)를 객관적으로 기록하고 과실도 평정에 공식적으로 포함해야 한다. 이처럼 현재의 평정은 피평정자들의 능력을 개발하는 체계로는 부적절하다.

미 육군과 독일연방군의 사례를 보면 이들은 오래 전부터 평정제도를 부하개발의 도구로 적극 활용하고 있다. 보직기간 동안 수차례 평정상담을 진행하면서 조직 목표에 맞게 개인업무를 설정하고 수행절차를 지도·감독하며 서로에게 공유된 기준을 적용하여 평가를 실시하는데 누가 결과에 수긍하지 않겠는가?

우리 군의 경우 평정은 평정이고 부하지도는 부하지도라는 개념으로 평소 부하지도에는 많은 관심을 가지고 지도를 하면서 정작 평정표 작성 시에는 인정에 끌려 좋은 점만 기술하니 객관적이고 사실적인 평정과는 거리가 멀다.

아울러 인사제도 연구와 인사관리·운용의 통합 문제이다. 현재 인적자원 획득은 인사사령부에서, 교육과정 설계는 교육사 교육훈련부에서, 리더십 역량 연구는 리더십센터에서, 평정표 연구는 인사참모부에서, 평가는 다시 인사사령부에서 하고 있다. 이렇게 해서는 조직이 요구하는 것이 무엇인지 판단하기가 어렵다.

따라서 획득·교육·평가·진급 체계를 한 조직에서 통합해서 운용해야 하며, 이를 평가 및 진급시스템과도 연계해야 한다.

군을 이끌어갈 리더 육성을 부르짖으면서 제도가 이에 따르지 못한다면 무용지물에 지나지 않는다.

인재 양성을 위한 양질의 제도개선을 통해 사람에 의한 전투력 발휘로 적을 제압하는 우리 군의 위용을 기대해 본다.

인재 선발

　작은 조직에서부터 국가에 이르기까지 모든 사회의 발전은 그 사회를 선도하는 리더그룹에 의해 이루어지고 리더그룹의 능력에 따라 지향하는 목표를 달성 할 수도 있고 미달하거나 길을 잃고 방황할 수도 있다.

　육군에서 군복을 입고 40년을 살아오며 과거 선배들의 전투에서의 무용담도 수없이 들었고, 해외의 훌륭한 군인들에 대한 전기도 많이 읽었으며, 근래에는 이라크전과 아프가니스탄전에서 지휘하고 있는 장군들에 대한 뉴스를 관심있게 보고 있다.

　모든 전쟁에서 지휘관의 몫이 얼마나 중요한지는 군인이 아니더라도 익히 들어서 잘 알고 있는 일이라고 본다.

　우리 군에서도 훌륭한 장교를 양성하고 그들 중에서 우수한 사람을 선발하여 진급시키며 군을 이끌어 가야 할 인재를 키우기 위해 많은 노력을 해왔다.

　그러나 지금의 군은 훌륭한 고급장교를 선발하기보다는 사람만 좋은 군인을 선발해 왔고, 좀 격하게 표현하면 무난하고 성격 좋은 호인들이 순조롭게 승진해서 군의 리더 그룹을 형성하고 있는 듯한 모습이다.

이것은 시대의 흐름도 있겠지만 제도에 의한 산물로서 나타날 수 있다.

육군의 진급제도를 보면 과거에는 한 개의 심사위원회로 구성하는 단심제로 하다가 다시 2심제로 발전되고 3심제로 심사 강도를 강화했고 현재는 5심제가 되었다.

이것은 인사권자가 개인의 독단으로 진급에 개입하는 것을 방지하려는 목적에서 발전시킨 것으로써 인사 부조리를 차단하는데 많은 성과를 올렸고 대외적으로도 명분을 쌓을 수 있었다.

심사과정을 보면 1차 심사를 갑, 을, 병반이 구성되어서 각각 독립적으로 심사를 하여 진급 추천을 한다. 추천된 인물을 대상으로 2차로 최종 선발위원회가 재구성되어 3개 반에서 모두 추천된 인원은 특별한 하자가 없는 한 선발된 것으로 확정하고, 1~2개 반에서 추천된 인원을 대상으로 전체 공석에서 부족한 인원만 선발하여 참모총장과 장관의 결재를 받으면 진급이 된다.

장군의 경우는 국방부에서 다시 제청심의위원회가 구성되어 재심사를 하고 장관의 결재와 대통령의 재가를 받으면 진급이 된다.

나는 부사관, 군무원, 장교의 각 신분과 계급별 심사를 7번 참가하여 비교적 진급심사에 많이 참가한 군인에 속한다.

여러 번의 심사과정에 참가하여 군의 진급 심사제도가 우리 군의 인재를 선발하는데 문제가 있음을 보게 된 것이다.

1차 심사의 각 반에는 5명의 위원들이 편성되어 만장일치제로 결정하는데 어떤 특정한 군인이 대단히 우수한 인물이라 하더라도 심사위원 중 한 사람이 그 인물의 약점을 거론하고 문제가 있다고 하면 결국엔 탈락되고 만다.

이런 과정을 다섯 번 거치는 과정에서 아무리 능력있는 장교도 작은 흠이라도 있으면, 사람은 최종심의까지 통과하지 못하고 탈락하게 된다.

이런 제도를 10년 이상 시행해 왔으니 소신과 능력이 있으며 상급자에게 바른 소리 잘하는 사람은 우리 군에 존재할 수 없게 되었다.

상급자의 뜻을 거스르지 않고 순종적으로 업무를 수행하고 인간적으로도 모가 나지 않는 사람만 진급을 하여 군의 리더 그룹이 되었다.

사자, 호랑이, 표범, 독수리 같은 사람은 갈 곳을 잃고, 후배들은 선배들의 진급 풍토를 보면서 발톱을 뽑고 이빨을 뽑으며 날개를 꺾은 장교만 살아남는 상황이 되었다.

이런 무난한 장교들이 평시에 부대를 지휘하고 관리하는 데는 문제가 없거나 오히려 잘 할지도 모른다. 그러나 위기 상황에서는 적합하지 못하다는 것은 너무도 자명하다.

따라서 군인다운 군인이 진급되는 기준과 방법이 재설계 되어야 한다.

왜 교육사령부에 전문 인재가 있어야 하는가?

옛말에 '敎育百年大計'란 말이 있듯이 한 나라의 백년을 설계하려면 교육이 대단히 중요하다고 강조했다. 이는 교육을 통해 우수한 인재를 육성하는 것이 한 국가의 힘을 기르는 것이라고 해도 과언이 아니라는 말이다.

이러한 대한민국 군대의 교육을 책임지고 있는 곳이 바로 교육사령부이다. 교육사령부는 무려 10개의 병과학교와 7개의 통합훈련부대를 통제하여, 현재 및 미래 전장에서 전승을 보장할 수 있는 정예육군 건설을 위해 병 교육에서부터 부사관, 초급장교, 영관장교, 장군에 이르기까지 교육을 실시하고 있다. 또한 5개 부서로 편성되어 군의 전력과 교리 발선, 교육훈련, 리더십을 통한 정신전력 함양 등 명실상부 대한민국 최고의 교육기관으로서 그 위상을 자랑하고 있다.

교육 내용면에서도 기초군사훈련 부터 지상군 교리 및 통합전투수행능력 구비에 이르기까지 광범위한 교육훈련을 실시하고 있다. 뿐만 아니라, 전투발전 소요를 결정하는 전투실험사업과 미래 환경에 적합한 육군 리더십 발전, 과학화전투훈련 등 육군의 전투발전을 위해 노력을 아끼지 않고 있다.

이렇듯 교육사령부는 '강력한 선진 육군 육성의 초석'으로서 임무를 완수하기 위해 육군의 교육훈련을 책임지고 있는 교육의 총본산이다.

그렇기 때문에 교육사령부에 우수자원이 최우선적으로 보직되어야 한다. 전문성을 갖춘 우수 인력을 확보하기 위해 교육사의 인력보충 요청에 대해 육본에서 선발하여 보직토록 되어 있는 현재 체계보다는 교육사에서 직접 지명추천하는 제도로 바뀌어야 한다.

현재의 육본 선발체계로는 실제 해당 직책별로 필요한 자원을 적재적소에 보직하지 못한다. 이러한 제도적인 개선이 이루어져야만 전문화된 교육을 구현하고 시대변화에 부합된 미래전력을 창출할 수 있을 것이다. 그리고 이러한 자원들의 인사관리를 위해서도 진급선발시 일반장교보다 유리하게 평가받도록 해야 한다.

또한 교관의 경우 해외군사교육 경험이 있는 인원을 교육기관에 우선적으로 보직함으로써 해외에서 경험한 선진 군대문화를 우리 군에 적용할 수 있도록 하고, 선발 기준도 품성과 자질이 우수한 자원이 보직될 수 있도록 해당부대 지휘관들의 추천 제도를 도입한다면 훈육과 교육의 양대 산맥을 완성할 수 있을 것이라 생각된다.

뿐만 아니라 교관의 능력과 자질을 향상시키기 위해 해외시찰 및 외국 병과학교와의 교류 등 다양한 기회를 제공하고 우수한 능력을 갖춘 예비역을 활용하여 교관으로 운용할 필요가 있다.

군사교육 전문기관으로서의 교육사령부가 최고의 능력과 자질을 갖춘 인재들을 엄선하여 활용할 때 현용전력을 극대화하고 미래전력을 창출하는 초석이 될 것이다.

국외연수는 이렇게

세계화로 지칭되는 시대를 맞아 우리 군은 급변하는 환경에 뒤쳐지지 않기 위해 우수한 인력확보를 위해 부단한 노력을 경주하고 있다.

특히 개인의 능력개발교육의 일환으로 석사학위 이상의 학위취득, 외국군사교육기관 수료를 위한 '전문교육', 연수를 통한 '직무향상교육' 및 개인능력향상을 위한 '자기개발교육' 등을 실시하고 있다.

연간 많은 예산을 투입하는 이러한 노력은 투자비의 성격으로 당장 성과를 기대하기는 어렵지만 무형의 자산으로 육군 발전에 크게 기여하였다고 평가하며, 그 중에서 '국외연수'와 관련하여 효율성 측면에서 몇 가지 의견을 제시하고자 한다.

먼저 국외연수 대상자를 실무자급으로만 선발하게 되어 있어 계급과 직책이 낮은 실무자가 갔을 때 협조도 어렵고 견학이나 경험하는 것 등 모든 것이 힘들며 더군다나 고급자료 획득은 더욱 어려운 실정이다.

그러므로 단기 국외연수시 실무자 한사람만 보내기 보다는 예산범위 내에서 기간을 단축하고 상급자를 동반하는 출장형식으로 연수를 시행하는 방법으로 제도를 개선하면 동일한 예산범위 내에서 연수인원을 확대할 수 있고 고급정보 및 기술획득이 가능하리라 생각된다.

이를 위해서는 먼저 단기 직무연수에 대한 개념을 재설정하고 대상 및 기간 등에 대한 규정 수정이 선행 되어야겠다.

또한 연수대상 국가에 대한 다양성이 미흡한 점을 들 수 있다. 현 규정에는 '직무와 관련하여 효율성에 목표를 두고 다양한 국가로 확대한다.'라고 되어 있으나 실제로 2010년 해외연수도 약 83%가 미국으로 계획하고 있어 연수국가에 대한 다변화가 요구된다.

이를 위해서는 사업소요 제기시부터 투자 대비 효과를 고려한 복수국가를 선정하여 판단해야 하고, 소요결정시에는 정책적으로 국가별 신징비율을 책정할 필요가 있다.

이러한 연수대상 국가의 다변화는 군사외교 측면에서도 다양한 국가를 대상으로 우리나라와 친화력을 키우는 효과[親韓化]를 거둘 수 있으리라 생각된다. 그리고 연수결과에 대한 정책적인 환류가 미흡하다는 부분이다. 현재 연수 후 대부분의 결과보고서는 연수

국가(기관) 및 교육소개 위주로 작성되며 육군의 정책발전을 위한 구체적인 내용 제시가 미흡한 실정이다.

이를 위해서는 연구결과 보고서에 정책발전과제를 구체화하여 작성함을 의무화하여야 하며 사업소요결정시에도 과거 결과보고서의 정책과제 반영결과를 분석 후 활용할 필요도 있겠다.

이와 더불어 연수결과 보고서를 활용하는 측면에서 이를 탑재하는 방법도 개선되어야 한다. 현재는 인사사령부 홈페이지에 요약본을 탑재하고 기록정보관리단 전자도서관에 탑재하고 있다. 그러나 현재 홍보가 부족하고 탐색시 유사과정별 보고서 검색이 제한되는 실정으로, 이를 보완하기 위해서는 육군 홈페이지에 과정별·국가별로 세분화하여 탑재하면 유사과정 보고서를 탐색 및 활용하기가 용이할 것이다.

따라서 국외 연수라는 현 제도가 과연 비용대비 효과측면에서 효율적인지 귀국보고서를 정밀하게 분석하고, 과거 연수경험자를 대상으로 더 효율적인 방법은 없는가를 찾아보는 노력을 기울인다면, 동일한 비용으로 최대의 효과를 거둘 수 있는 방법이 분명 모색되리라 생각한다.

Ⅱ. 강한 전사가 강한 군대를 만든다

유격훈련 다시 만든다

과거 군생활에 대한 회상은 언제, 어디서든 이야기의 소재가 되고 있다. 특히 군생활 중 어렵고 힘들었던 일은 더욱더 기억에 남는데 이중 유격훈련에 대한 경험은 빠질 수가 없다.

유격훈련은 창군 이래 큰 변화 없이 50여 년을 이어져 왔기에 유격훈련에 대한 개념이나 인식도 기존의 형태에서 크게 벗어나지 못하고 당연시 되어 왔던 것 같다.

그러나 우리가 큰 변화 없이 유격훈련을 해오는 동안 우리의 전장환경은 과거와는 크게 달라졌다. 장병들의 정신적·신체적 조건은 말할 것도 없고, 전투를 수행하는 작전지역도 다양화되어 우리가 극복해야할 또 다른 과제가 된 것이다.

미국, 독일, 프랑스 등 많은 나라에서는 간부들 중 지원희망자를 대상으로 8주 이상 기초부터 숙달단계에 이르기까지 단계별로 강도 높은 유격훈련을 실시하고 있다.

그러나 우리는 대부분의 부대가 전 장병을 대상으로 1주 이내

기간 동안 체력단련과 장애물 극복 위주로 훈련하고 있는데, 앞으로 유격훈련을 일반과정과 전문과정으로 구분할 필요가 있다.

즉, 일반부대는 전투체력 강화와 장애물 극복능력 배양 위주의 훈련을 실시하는 일반과정을, 특공·수색부대 등 유격전을 수행하는 부대의 간부들과 사관생도, 그리고 일반부대 인원 중 전문과정 훈련 희망자들에 대해서는 특수임무를 수행할 수 있는 능력을 배양하는 전문과정을 실시하는 방안이다.

이와 같이 유격훈련이 일반과정과 전문과정으로 구분된다면 현재 사용하고 있는 '유격훈련' 용어도 과정별 훈련목적에 부합되도록 일반과정은 '종합장애물 극복훈련'으로, 전문과정은 현재대로 '유격훈련'으로 구분해서 사용하는 것이 맞겠다.

외국에서는 특수훈련을 받은 요원들은 그 자긍심이 대단히 크며, 특수훈련을 받고 휘장이나 배지를 받은 것을 대단한 명예로 여기고 있다. 물론 이러한 훈련이 특수작전임무수행에 절대적으로 기여하고 있음은 말할 것도 없다.

우리나라도 특전사나 해군 및 해병대에서는 일부 이러한 훈련을 시키며 휘장도 주고 있지만, 육군이 실시하고 있는 유격훈련은 모든 부대, 모든 인원이 실시하고 있고 그 훈련내용도 특수훈련으로 생각하지 않아 특별한 자격이나 휘장, 배지도 수여하지 않고 있다. 물론 유격훈련이 특수임무수행을 위한 훈련이며, 차후 특수임무수행에 크게 기여할 것이라고 생각하는 사람도 아마 없을 것이다.

그러나 우리도 유격훈련 전문과정을 받은 인원에 대해서는 자격증도 부여하고, 휘장이나 배지를 수여하여 유격훈련을 받은 인원이 자긍심과 명예심을 갖도록 해야 한다. 이러한 활동은 유격훈련 전문과정에 대한 지원자를 증가시키고, 특수임무수행 요원 확보와 능력 배양, 더불어 강인한 부대 및 군인 양성에도 많은 도움이 되리라 생각된다.

지난 50여 년 동안 실시해오던 것을 새롭게 변화시키는 것은 쉽지 않은 일이라 생각되지만, 이제는 사고와 발상의 전환을 통해 새로운 유격훈련의 탄생을 기대해 본다.

기초가 튼튼한 강한 전사 만들기!

미래 전장환경은 무기체계의 발달과 전쟁수행 기술의 변화로 전장영역이 확대될 것이며, 예측하기 힘든 전쟁양상이 전개될 것이다.

이러한 전장환경의 변화에도 불구하고 소부대 근접전투 상황과 각개 병사들의 전투수행간 역할은 변하지 않을 것이며, 오히려 병사들의 임무는 더욱 복잡하고 다양한 전투기술이 요구된다 하겠다.

여기서 개인 전투기술이란 어떠한 전장상황에서도 조건반사적으로 조치할 수 있는 능력을 말하며, 이러한 개인전투기술은 평시 부대훈련 분야 중 병기본훈련을 통해서 숙달시키고 있다.

그러나 야전부대 병기본훈련은 일반적인 표준 전투상황을 기초로 훈련이 이루어지고 있으며, 편제장비와 무기가 새로 바뀌거나 새로운 교보재가 개발되는 등 교육훈련 여건에 많은 변화가 있음에도 불구하고 훈련 방법은 크게 변화되지 않고 있다.

따라서 변화하는 미래 전장상황에 부합된 실전적이고 성과 있는 병기본훈련을 위해서는 가장 먼저 부대의 임무와 특성을 고려한 다양한 전투상황을 조성하고, 이에 대응하는 훈련과제를 행동화 숙달시켜 조건반사적인 전투기량이 집중적으로 숙달될 수 있도록 해야 한다.

예를 들어 산악지역 전투, 도시 및 건물지역 전투, 후방지역 전투 등 부대별 임무, 작전지역과 환경 등을 고려한 훈련이 되어야 한다. 이러한 다양한 전장상황을 고려한 훈련과제가 도출되고 훈련방법 또한 발전되어야 하는 것이다.

개인화기 사격훈련도 개선되어야 한다. 야전부대 개인화기 사격은 주간사격시 250m 이하 표적에 대한 입사호 및 무의탁 사격훈련을 실시하고 있다. 북괴군의 공격시 전투행동 교리를 감안할 때 아군이 적을 제압하기 위해서는 현 사거리표적을 연장해서 훈련해야 한다.

육군과학화전투훈련단(KCTC) 훈련결과에서도 분석되었지만 근접전투상황에서 적들은 한 장소에 고정되어 있지 않고 이동하기 때문에 평시 사격훈련은 고정표적이 아닌 이동표적에 대한 제압능력도 구비해야 한다.

그리고 실제 전투상황에서는 대부분 지형지물을 이용한 의탁자세로 사격이 이루어지므로 현재의 무의탁 사격은 실전성이 떨어진다. 따라서 사격장 사선 내에 블록·통나무·흙무덤·마대 등의 구조물을 설치해 의탁사격훈련을 실시하는 것이 바람직할 것이다.

또한 특정지역 또는 특정표적에 대한 분대단위 집중사격을 해야 할 상황이 많이 발생할 수 있다. 따라서 분대장 통제하의 적시적인 사격전환과 집중훈련을 할 수 있는 분대전투사격훈련이 필요하다.

아울러 수류탄 훈련방법이 개선될 필요가 있다. 수류탄 훈련은 소부대 근접전투 상황을 고려할 때 매우 중요한 개인 전투기술 중 하나다. 하지만 훈련시간이나 방법이 구체화되어 있지 않고 교육훈련도 신병교육 과정에서만 실시하고 자대에 배치된 이후에는 이에 대한 훈련과 실습이 저조한 실정이다. 특히 실제 세열수류탄 투척훈련은 양성교육기관에서 개인당 1발을 실시한 이후 전역할 때까지 투척기회가 거의 전무한 것이 현실이다.

따라서 실전적인 수류탄 훈련을 위해서는 먼저 훈련시간을 증가하고 실제 세열수류탄 투척훈련을 할 수 있도록 교탄 인가를 상향 조정해야 한다. 또한 산악지형 작전을 고려해서 상·하향 투척훈련장, 벙커 투척, 교통호 진입 및 진지소탕 훈련이 가능하도록 투척훈련장이 준비되어야 할 것이다.

군에서의 병사는 전투력 발휘의 힘을 의미하는 총구이다.

이 말의 의미는 어떠한 상황에서도 부여된 임무와 과업을 완수

할 수 있는 전투수행능력을 갖출 수 있도록 훈련되어야 하고, 실전에서는 조건반사적인 행동이 나타나도록 해야 함을 의미한다.

따라서 야전부대 지휘관은 자긍심과 책임감과 가지고 소부대 전투기술의 기본이 되는 병기본훈련의 발전을 위해 고민하고 또 고민해야 할 것이다.

정신교육

군생활하며 외국에 몇 번 출장 갈 기회가 있었고, 2009년도에 미국의 군 교육기관을 방문한 것이 다른 어느 때 보다도 많은 것을 느끼게 한 기회였다.

우리 군사교육은 군 창설과 6·25 전쟁을 겪으며 제대로 된 군사교육 기관이 없어서 단기간에 장교를 양성하기 위하여 미국의 교육 시스템을 거의 그대로 모방하여 체제를 만들고 교육 내용에서도 대동소이한 역사를 가질 수밖에 없는 상황이었다.

그러다보니 자연적으로 전투력은 물질적 파괴력만을 다루었고 전술과 작전, 전략에서도 물질적 전투력의 운용에 국한되어 왔다.

그러나 미국은 전 세계를 상대로 군사력을 투사하는 과정에서 많은 벽에 부딪쳤다. 우리도 잘 알고 있듯이 월남전에서 전투력으로는 상대도 되지 않는 월맹에게 미국이 패전을 했고, 이라크전에서는 군사적으로는 단기간 내에 승리 하였으나 전쟁은 현재도 완전히 종식되지 않았으며, 아프가니스탄전에서는 구소련이 군사적 실패를 하고 철수한 전철을 밟지 않기 위해서 엄청난 군사력을 동원하고 있다. 이런 과정에서 미군이 새롭게 생각하게 된 것이 '무형전력'이다.

남녀노소 없이 폭탄을 몸에 두르거나 차량에 적재하고 자폭하는 폭탄테러와 9·11 테러에서 항공기를 몰고 빌딩에 충돌하는 테러 분자들이 왜 이렇게 하는지를 생각하게 되었다.

종교가 다르고 사생관(死生觀)이 다르며, 전통과 문화가 다름으로 전쟁의 양상이 달라지고 물질적인 전투력만으로는 해답이 없다는 것을 깨달은 것이다.

그래서 미군은 '문화(culture)'라는 표현으로 정신전력이라는 새로운 영역을 전쟁의 중요한 요소로 고려하게 되었다.

우리는 이미 정신전력이 중요하다는 것을 잘 알고 있었기에 전쟁의 원칙에 '사기'를 넣었을 때도 있지만, 교리의 원천을 미군으로부터 도입함에 따라 더 이상 교리화하지는 않았다.

또한 정신교육이 중요하다는 것을 어느 집단보다도 공산주의 국가 중에서 가장 악랄하고 비정상적인 북괴와의 이념대결과 6·25 동란을 통해서 극명하게 드러냈으며, 다양한 간첩사건과 정신적 침투로 인해서 심각성을 피부로 느끼고 있다.

물론 세계적으로 정훈병과를 갖고 있는 나라는 대만과 우리나라뿐이지만 정신교육이 교리에 함께 녹아 들어가 있지는 못하다.

비록 늦은 감은 있지만 이를 타산지석으로 삼아 교리에서도 무형전력인 정신전력을 전쟁의 중요한 요소로 다루어야 한다.

정신력은 유형전력을 배가(전투력×2) 하는 것이 아니라 기하급수인 자승(전투력^2)이 되는 것이다. 더불어서 정훈계통에서 이루어지고 있는 정신교육도 전면 수정이 되어야 한다.

모든 부대는 연간 36주를 의무적으로 정신교육을 하지만 국방일보에 게재된 내용으로 교육하게 되어 있다. 교육이라는 것은 교관과 교육내용, 피교육생이 유기적 관계에서 이루어지는 것이므로 각 부대가 현실적으로 처한 상황이 다르고 교관이 교육내용에 대하여 스스로 신념화되지 않은 것을 획일화하여 통제형으로 교육한다면 기대하는 만큼의 효과는 거두기 어렵다.

우선 강제로 통제하고 있는 교육 횟수에 대해서 융통성이 있어야 하며, 현재 36주는 너무 과도하게 많은 시간을 할애함으로써 상대적으로 깊이가 없어지게 된다.

또한 교육하는 교관 역할의 장교도 현재와 같아서는 안 된다. 모든 교육기관의 교수나 교사가 수업준비를 하듯이 수업을 하려면 과목에 대한 충분한 연구가 있어야 하고 교육내용에 대해서 배경지식까지 갖추어야 하며 자신이 있어야 한다. 하지만 군에서는 그렇지 못한 것이 현실이다.

군의 특징은 지휘관의 역할이 대단히 중요하다. 지휘관이 관심

갖지 않는 일이 잘될 수는 없다. 지휘관이 관심을 갖게 하려면 최소한 교육내용에 대해서 지휘관이 먼저 충분히 읽고 이해한 다음 결재를 해야 한다.

군에 인트라넷이 충분히 구축된 상황을 고려한다면 참모계통으로 하달하든, 지휘관에게 직접 인트라넷망으로 하달해서 결재과정을 거쳐야 한다.

군의 구성은 단순한 것 같지만 부대의 유형과 구성원의 수준과 수행하는 임무가 다양하기 때문에 획일화한 내용으로는 공감대를 얻기 어렵다.

더구나 교육자료를 만드는 사람들이 누구냐가 중요하다. 교육대상과 좀 더 밀접한 관련이 있는 사람이 만들어야 하며 가장 좋은 것은 교관임무를 수행할 간부가 직접 만드는 것이 최상일 것이다. 전반으로 정신교육에 대해서 대대적인 정비가 이루어져야 한다.

희망설계 프로젝트

치명적인 질병에 걸린 사람에게도 꿈과 희망은 병을 낫게 하는 좋은 치료약이 될 수 있다. 이처럼 꿈과 희망은 인간에게 무한한 잠재력을 발휘하도록 하여 어려움을 극복하게 하고, 긍정적 측면을 발전시켜서 삶을 신명나게 하는 것이다.

우리 군은 그동안 부대관리 측면에서 사고 예방을 위한 다양한 사례를 통한 재발방지 노력과 상황 및 계절 등 환경적 차원에서 예견될 수 있는 위험요소를 제거하는 축적된 경험을 토대로 그 어느 조직보다도 내실 있는 예방활동을 전개해 왔다.

그러나 이와 같은 노력도 한계가 있을 수 있다. 개인의 기본적인 욕구 해소가 제한되고 계급구조에 의한 경직된 병영 환경은 일부 장병에게는 절망감을 느끼게 하며 그러한 여건에서 발생하는 부적응과 충동적인 행동은 예방적 노력만으로는 한계가 있는 것이다.

또한 아무 문제가 없이 생활을 잘하는 병사에게는 지휘관심이

미치지 못해서 역차별을 받을 수도 있다.

따라서 모든 장병들에게 꿈과 희망을 가질 수 있도록 해야 하며, 자신의 삶에 대한 꿈과 희망을 통해 스스로 어려움을 극복하고 충동을 통제할 수 있도록 해야 할 것이다.

이와 같은 취지에서 ‘군 복무간 희망설계 프로젝트’와 같은 희망설계가 필요하다. 훈련, 경계 등 군인으로서 임무수행의 절대적 영역은 훼손됨이 없이 군 복무 중 자신이 관심있고, 흥미있는 분야를 발전시키고 성취감을 얻을 수 있도록 군생활과 인생전체의 꿈과 희망을 설계하도록 하는 것이다.

즉, 전역 후 자신의 소중한 인생을 살아가는데 필요한 역량을 갖추도록 하여 꿈과 희망이 있는 군생활을 유도하고, 이와 같은 군생활 결과는 개인의 경쟁력을 높이는 것으로 결국은 국가의 경쟁력을 높여 국가발전에 이바지 하도록 하는 것이다.

이러한 프로젝트의 체계적인 추진을 위해 그동안 지급되었던 ‘수양록’의 개선이 요구된다. 수양록은 단순한 일기형식으로 작성하도록 되어 있으며, 그 작성내용을 기초로 군생활의 부적응 여부를 확인하는 등 부정적 요인이 있다.

그러나 새롭게 추진하고 있는 ‘소중한 나의 병영일기’라는 의미가 함축된 〈소나기〉는 일정기간의 군생활 뿐만 아니라 인생전체를 통틀어 꿈과 희망을 설계 하는 것이다.

군 입대로부터 전역하는 날까지 자신이 달성 가능한 체력단련, 사격 등 강한전사로서의 목표는 물론 독서, 자격증 취득, 어학능력 향상 등 자기계발 분야의 목표를 설정하고 실천해 나갈 수 있도록 하고, 전역 후에도 자기 인생설계를 위한 소중한 도구로 적극 활용할 수 있다.

조직의 능률을 높이기 위해서는 조직 목표와 구성원 개인의 목표를 같이 달성할 수 있도록 조화시킬 때 큰 성과를 얻을 수 있다. '군 복무 간 희망설계 프로젝트'는 개개인의 전투기술이 단련되어 강한 군대를 육성하는 것처럼, 개인의 꿈과 희망을 실현하기 위해 신명나게 군 복무를 함으로써 군 조직의 목표달성을 가능하게 하고 구성원들을 역동적으로 조직에 몰입하도록 만들 수 있을 것이라고 확신한다.

지금도 사회생활을 하는 자랑스러운 우리 예비역들은 둘 이상 모이면 청년시절 군생활에 대한 이야기로 시간 가는 줄 모른다. 국민에 대한 군의 신뢰는 군에 대한 긍정적이고 발전적인 대화를 주고받을 때 생겨나는 것이다.

앞으로 희망 설계 프로젝트가 성공적으로 추진되어 먼 훗날 군생활을 통해 높은 경쟁력을 갖춘 국민들이 비록 힘든 군생활이었지만 꿈과 희망이 있었기에 성취감과 보람을 느끼는 군복무를 했다는 즐거운 대화를 주고받을 수 있기를 기대해 본다.

건강한 정신, 상담으로 돕는다!

　군에 들어오는 장병들은 과거에 비해 정신적으로 다소 나약하고 부모에게 의지하는 신세대들로 상담은 이들을 군이라는 새로운 환경에 편안하게 적응하도록 함으로써 정신건강을 증진시키고 이들을 군이 요구하는 바람직한 방향으로 이끌어가는 중요한 수단이 되고 있다.

　군에서 상담의 중요성이 부각됨에 따라 2003년 이전에는 육본 인사참모부와 군종실에서 부적응 병사에 대한 지도와 개선을 위하여 초기형태의 상담과 관련된 제도와 업무를 수행했다.

　2004년에는 병과학교에서 '상담기법' 과목이 신설되어 간부들의 상담역량 강화를 위한 교육의 형태로 발전하였다. 2005년에는 '병영생활 전문상담관제도'가 시험 운용되었고, 지금은 대부분의 사단급 부대에 전문상담관이 활동하고 있다.

　사회에서 상담의 수요와 필요성이 증대되는 것처럼 군에서의 상담영역 역시 넓어지고 있다. 다행스럽게도 육군은 상담에 중심

역할을 수행할 수 있는 상담처가 2008년 6월 육군리더십센터에 신설되었다.

상담처의 신설은 창군 이래 우리 군의 의미 있는 변화이다.

먼저 병과학교별로 지휘통솔 교관과 군종장교에 의해서 각기 다른 교재로 이론 위주로 교육했던 방식에서 탈피해 군의 특성에 맞게 대상별로 차별화된 프로그램을 상담처 교관에 의해 전담교육하게 된 것은 획기적인 발전이라 할 수 있다.

또한 여러 부서에서 상담업무를 하다 보니 조정과 통합이 필요하다는 의견이 제기되고 있다. 국방부는 병영생활 전문상담관 선발과 외부 상담기관의 용역에 의한 간부 능력 육성 상담교육, 상담 관련 지침하달 등의 역할을 수행하고 있다. 육본 인사참모부에서는 병영생활 전문상담관 운용관련 업무를, 중앙수사단에서는 생명의 전화와 사이버 상담 지원을, 군종실에서는 비전캠프 등 야전 상담활동을 하고 있다.

육군 리더십센터 상담처의 신설은 바로 이와 같은 문제를 해소할 수 있고, 특히 업무수행을 위한 전문성이 요구되는 분야로서 지속적으로 전문지식과 능력을 구비한 인력에 의해 종합적인 상담업무가 추진될 수 있다는 큰 장점이 있다.

예를 들면 상담업무에 대한 정책 및 계획은 육군 리더십센터 상담처와 육본의 협조와 조율에 의해 구상되고, 상담처는 정책 및 계획에 대한 집행부서로서의 기능을 한다면 일관성 있고 체계적인 업무추진이 가능할 것이다.

또한 상담처에서 생명의 전화 및 사이버 상담실을 통합 운용하고, 병영생활 전문상담관에 대한 선발 및 직무교육, 성과분석 등을 추진한다면 보다 효율성을 기할 수 있을 것이다.

결론적으로 상담에 대한 관심과 중요성이 증대됨에 따라 현재 군에서 그 기틀을 마련하기 위해 각 관련부서에서 업무를 추진하고 있지만, 보다 먼 미래를 내다보며 효율적이고 종합적인 업무추진을 위해서는 군의 상담 체계를 육군 리더십센터로 일원화할 필요가 있겠다.

이를 통해 보다 발전적이고 성과 있는 상담업무 발전이 가능하며 나아가 체계적인 상담활동을 통해 우리 장병들이 군생활은 물론, 사회에서도 제 몫을 다하는 민주시민으로서 거듭날 수 있을 것이라 기대해 본다.

리더 양성의 요람

개인과 조직이 지속적으로 발전하기 위해서는 하루가 다르게 변화하는 환경에 역동적으로 적응해 나가야 하며, 또한 변화를 즐기고 변화를 리드해 나가야 한다.

사회는 불확실한 미래에 대비하여 조직이 추구하는 가치구현과 인적자원의 능력을 배양하기 위한 전담기구를 설치하여 운용하고 있다.

군도 미래지향적인 육군문화혁신을 통한 강한 육군을 육성하기 위해 2005년 '육군 리더십센터'를 교육사령부 예하에 창설하여 리더십 연구·개발·교육·분석·평가 및 환류의 종합 기능수행 체계를 구축하고 있다.

육군 리더십센터는 연 3만 명 이상의 교육생들을 대상으로 리더십과 상담교육을 전담하고 있으며, 무형전력 창출의 메카로서의 역할을 톡톡히 해내고 있다.

그러나 통합된 리더십 기능발휘가 충분하게 갖추어지지 않은 현실은 매우 안타깝다. 따라서 '육군 리더십 수련원(가칭)'과 같은 시설을 만들어 교육체계, 설비, 인적자원 등이 통합된 시스템 구축이 반드시 이루어져야 한다.

'육군 리더십 수련원'은 야전부대 소집·순회·원격교육, 육군 상담업무는 물론이고 교리연구, 분석·평가, 콘텐츠 개발, 기획 및 계획, 정책·제도 발전, 병과학교의 양성 및 보수교육이 가능하도록 조직의 기능을 확대해야 한다. 인적구성에 있어서도 현역·군무원·예비역을 혼합 편성하여 전문성을 제고시키는 개념으로 발전되어야 한다. 또한 대상별·과정별로 차별화된 맞춤형 교육으로 리더십교육 프로그램을 지속적으로 개발하기 위해서는 다양한 콘텐츠 개발 등 분야별 전문 인력 확충과 예산 지원이 충분히 뒷받침되어야 한다.

해군과 공군이 일찍이 독립된 리더십 수련원이라는 일원화된 기구를 통해 정예 리더 양성을 위한 교육과 지원할 수 있는 예산 확보 등을 내실 있게 발전시켜 나가는 모습을 보면서, 이번 기회에 육군 리더십 수련원의 창설 움직임은 늦은 감이 있긴 하지만 육군의 큰 도약을 위해 조속한 시일 내에 이러한 염원이 현실 속에서 이루어지기를 고대해 본다.

Ⅲ · 창의적인 사고로 미래
전장환경에 대비하자

우리는 국가방위의 중심군이다!

우리는 단군조선 이래 이루 헤아릴 수 없을 정도로 숱한 외침을 받았고, 지금도 실체가 명확하고 직접적이며 가장 중대한 위협이 되는 북괴와 첨예하게 대치하고 있다.

전쟁은 한편의 영화나 드라마가 아닌 국가의 존망을 다투는 중대사 임에도 불구하고 우리는 어느 순간부터 최근 세계의 주요 전쟁을 보면서 비디오 게임을 즐기듯이 바라보고 있다.

미국이 주도한 아프가니스탄전과 이라크전은 첨단감시정찰 장비와 정밀유도무기를 주로 사용하여 수행한 전쟁이다. 이 전쟁을 통해 미국은 기존의 지상군 위주 전쟁수행모습이 아닌 해·공군 위주의 장거리 정밀 타격무기를 이용한 새로운 전쟁 패러다임을 보여주었다.

그러나 미국은 전쟁을 수행하는 과정에서 전혀 인식하지 못한 새로운 문제에 직면하였다.

안정화작전간 미국은 시가지에서 이라크 반군의 비정규전과 다양한 테러 등의 위협으로 어려움에 직면했으며, 현재도 전쟁은 끝나지 않았고 지상군에 의한 작전을 계속 수행하고 있다.

또한 아프가니스탄에서는 이라크와는 달리 대부분이 산악지형이며 반군세력과 민간인이 혼재된 지역에서 전쟁을 수행했다. 이러한 환경에서는 첨단장비만 가지고 정확한 정보를 얻을 수가 없었고 정밀타격무기도 효과를 달성하기가 곤란하다. 비정규전 수행과 안정화 작전에 따른 지상군의 피해가 증가하고, 지상군이 직접 적을 찾고 격멸하지 않으면 안 되었다. 지금도 미국은 아프가니스탄으로 지상군 병력을 증강시키고 있다.

미국은 복잡하고 불확실한 미래의 다양한 위협에 대비하여 육군을 중심으로 한 '작전적 적응성'을 강화하도록 전쟁수행개념을 변화시킨 바 있다.

그러나 우리 사회 일부에서는 이러한 현실을 올바로 직시하지 못하고, 미래의 전쟁은 육군이 아닌 해·공군 위주의 첨단장비와 무기만 가지고 전쟁을 수행해도 전쟁을 종결시킬 수 있다는 환상에 젖어 있다.

우리의 산악지형에서는 첨단장비만을 가지고 원하는 정보를 적시에 획득하기 어렵다. 도시지역 또한 공중에서 적을 식별하기가 대단히 제한된다. 정밀타격무기도 피·아가 혼재된 가운데 사용이 제한될 것이다. 결국 육군에 의해 적을 감시정찰해야 하고 근접

전투를 통해 적을 격멸하고 지역을 확보해야 한다.

북한지역 안정화 작전 간에도 비정규전, 테러, 민사작전 등 복잡한 상황에 대응하기 위해 육군 병력이 대규모로 필요할 것으로 예상된다.

이와 같은 전장환경의 특수성으로 인해 적정수준의 육군 병력 확보가 절실히 요구되지만 현재 육군은 병력 감축이라는 현실적인 어려움에 직면하고 있다.

'국방개혁 2020' 추진으로 육군은 북괴 지상군 대비 1/3 규모의 수적 열세를 보이고 전력지수 면에서도 한국의 해·공군과는 달리 북괴 지상군에 비해 열세한 상황에 놓여있다.

한·미동맹 문제와 관련해 현재 한·미 합의하에 2012년 전작권 전환 작업이 진행 중에 있으며, 향후 전작권이 전환되면 한국이 전쟁을 주도하고 미국은 지원하는 개념으로 변화될 것이며, 특히 증원전력은 해·공군 위주로 지원될 것으로 예상된다.

현재 한국 해·공군은 대북 전력비교시 우세한 상황이며, 미 전력의 추가 증원시에는 절대적 우세를 유지하는 반면, 육군은 전쟁 초기 미군의 지상군 증원 없이 한국군 단독으로 수적인 면에서 3배나 많은 북괴 지상군과 근접전투를 수행해야 하는 어려움이 있다.

합동작전의 중심군으로서 육군은 대규모 병력과 장비를 수반하여 결정적 기동으로 전투를 종결해야 한다. 모든 합동작전에서 군사행동과 지휘통제의 기준 역할을 수행하고, 합동작전에서 달성한 군사적 성과를 정치적 성과로 완결하여 전쟁을 종결시키며, 타 군의 작전 지속성 보장을 위한 전투근무지원 제공의 기반 역할을 수행해야 한다.

미래에도 합동군의 주력인 육군이 고유의 역할을 잘 수행할 수 있도록 국민들의 적극적인 관심과 지지가 필요하다. 특히 북괴 지상군 대비 육군이 상대적 열세에 있음을 냉철하게 인식하고 이를 극복하기 위한 전력증강 노력이 절실히 요구된다.

국가의 안보는 확률을 이용한 도박이 될 수 없으며 항상 만전을 기하여야 하는 국가의 절대적 과제이다.

어떠한 어려움이 있더라도 강한 친구 육군은 소명의식을 가지고, 국가안보의 최후의 보루로서 우리의 영토를 방위하고, 전쟁이 발발하면 최종승리를 통한 전쟁 종결자로서 역할을 굳건히 수행해 나갈 것이다.

나의 미래도 실험 가능할까?

최근 과학기술의 급속한 발달로 전쟁 패러다임도 빠르게 변화하고 있어 우리 군은 '정보·과학군 건설'이라는 중대한 도전과 과제를 안고 있다.

육군은 이러한 환경 변화에 부응하기 위해 1999년부터 전투실험 제도를 도입했다.

전투실험은 비전 및 개념 등에서 도출되는 미래작전요구능력(FOC)과 첨단기술의 군사적 활용 가능성을 과학적인 방법으로 검증하여 전투발전 분야별 소요를 도출하고, 미래 전투수행과 관련된 문제점 해결방안을 제시하는 과정으로 이루어진다.

전투실험은 전투발전 전 단계에 걸쳐 적용된다. 비전에서 제시된 개념을 발전시키고 소요를 제기하는 과정에서 대안을 도출하고 결론에 도달하기 위해서는 전투실험이라는 과학적인 방법으로 검증절차를 거쳐야 한다.

교육사에 전투실험 조직이 창설된 이래로 짧은 기간 동안 병과

기능실험, 첨단 상용기술 및 신개념 기술시범(ACTD) 실험, 미래의 군 구조 실험에 이르기까지 지속적으로 수행능력을 발전시켜왔다.

국방개혁 추진으로 많은 부대구조를 발전시키고 전력소요를 창출해야 하는 현 시점에서 과학적인 수단과 방법을 이용한 검증을 위해서는 전투실험 조직의 보강이 절실히 필요하다.

그러나 교육사령부 현 전투실험처의 작은 조직(9명)으로는 많은 제한이 있다. 미래의 GOP경비여단, 보병사단과 민간 첨단상용기술 및 신개념 기술시범 실험 등을 추진하기 위해서는 실험개념 및 방법 발전, 실기동 및 워게임 실험계획 수립, 실험관찰 및 분석, 장비 물자지원, 예산확보와 자료관리 등을 고려한다면 실험을 위한 소요인원을 4개 분야 별로 상당한 인원을 전투실험단으로 대폭 증편시켜야 한다.

전투실험단은 현재의 전투실험처를 모체로 장군급을 단장으로 하는 현역 및 군무원으로 편성하고, 전투실험 특성을 고려하여 현역은 3~5년 근무 가능한 인원과 전문 직위는 계약직 군무원으로 편성되도록 제도개선이 되어야 한다. 편성 시기는 미래 보병사단의 연도별 전투실험 시기를 고려하여 실험대상 부대의 규모에 따라 추가적인 인원 편성이 되어야 한다.

또한 미래 보병사단과 같은 대규모 실험에 대해 과학적이고 신뢰성 있는 전투실험을 수행하기 위해서는 이제까지 수행되었던 실험보다 더 많은 예산이 요구되고 있다. 특히 무기 및 장비체계의 획득비용과 전투실험단 편성을 위한 운용예산 및 자료공유체계 구축의 비용 등이 확보되어야 한다.

따라서 급변하는 미래 전장양상에 부응한 군 구조개혁을 지원하고, 국방개혁 추진을 위한 과학적이고 합리적인 검증이 이루어지기 위해서 전투실험 조직을 강화하고 실험기반확충을 통한 과학적 전투발전이 필수적임을 분명히 인식해야 할 것이다.

스페셜포스 게임으로 미래 전투원 양성?

미래전의 양상은 우주·사이버 공간으로 전장공간이 확대되고, 다점·다면·다방향·다차원의 비선형 전장형성이 심화되어 '네트워크 기반 작전환경'으로 급변할 것이다. 이에 따라 과거의 아날로그식 대응이나 훈련방법은 한계에 봉착할 수밖에 없다.

따라서 국방경영의 효율화와 미래전 양상에 대비한 전투력 극대화를 위해서는 첨단 IT기술과 게임 산업을 활용하여 제대별·기능별로 과학화된 교육훈련체계를 구축하고 이를 훈련에 적용해야 할 것이다.

따라서 연합 및 합동훈련으로부터 개인훈련까지 숙달할 수 있는 일련의 훈련용 워게임 모델들을 개발해야 한다.

현재 군단·사단급에서는 창조21모델을 훈련에 활용하고 있으나 미래전장을 모의하기에는 보완해야 할 요소들이 많다. 네트워크중심전, 대화력전, 상륙기동작전, 효과중심작전 등의 신작전개념이 반영되고 디지털지형정보, 위성영상, 첨단 SW기술 등을 적용하여 보다 실전적인 훈련이 가능하도록 개선해야 할 것이다.

연·대대급 전투지휘훈련모델인 전투21모델은 야전부대 사용자의 수준 높은 요구사항을 제대로 반영하지 못하고 있다. 즉, 제병협동훈련이 가능하도록 전장기능별 세부 모의가 가능해야 하고, 디지털 지형정보, 인공지능에 의한 가상군, 대부대 및 소부대와의 연동상황에 따른 다양한 해상도 지원 등을 적용하여 훈련이 가능하도록 개선시켜 나가야 한다.

가장 발전이 미흡한 분야가 중대급 이하 소부대 훈련을 위한 모델이다. 현재 운용되는 모델이 없는데다 소부대 기본 훈련개념이 야외 실기동훈련위주의 숙달에 초점이 맞춰져 있어 아직은 발전이 요원하다. 그러나 전투경험이 없는 우리 병사들에게 실제 전투상황을 체험하게 할 수 있는 대안이 게임형 훈련체계라고 할 수 있다.

게임형 훈련체계는 스페셜포스[1] 등 민간 상용게임 엔진을 그대로 활용하는 것이 가능하다. 즉, 물리엔진과 2D·3D, 그래픽 등 민간부문에서 개발되어 적용하고 있는 기술들을 공유할 수 있고 민군이 겸용으로 사용할 수 있어 개발비도 절감된다.

---

1) Special Forces : 한국 게임사인 드래곤 플라이가 '04년 개발한 온라인 전용 1인칭 슈팅게임으로 미국에서는 솔저 프론트라는 이름으로 서비스되고 있다. 한국 해병대, 특전사, SAS, 델타포스 등이 등장하며 8명씩 두 팀으로 나눠 폭파, 탈취, 탈출 등의 게임을 할 수 있다.

이러한 게임형 훈련체계는 병사들이 입대하기 전, 인터넷에 접속하여 상용버전으로 재미있게 게임을 하면서 자연스럽게 전장상황에 익숙해지고 스스로의 생존능력과 상황조치 능력이 숙달되는 것이다. 군에 입대해서는 익숙한 훈련게임에서 흥미 있게 훈련에 몰두 할 수 있게 되어 본인도 느끼지 못하는 사이 훌륭한 전사가 되어 있을 것이다.

미군도 VBS[2]나 AA[3] 등을 개발해서 민·군이 동시에 효과적으로 활용하고 있는 것을 볼 수 있다.

이러한 워게임 모델들은 훈련목적과 작전형태, 전장기능에 따라 실제 전장과 비슷한 상황에서 체험식 훈련이 가능하도록 훈련환경을 구축하다보면 다수의 제대별·기능별 워게임 모델들이 우후죽순 개발될 수 있다. 육군 차원에서 상호운용성과 재사용성, 연동성이라는 큰 개념의 틀을 가지고 체계적으로 훈련체계를 구축하여 비용과 개발노력을 절감하는 것이 필요하다.

결국은 제병협동 및 합동훈련과 지휘관·참모, 소부대 병사들까지 연계된 훈련이 가능하도록 제대별로 기본모델을 운용하고, 기

---

2) Virtual Battle Space : 호주의 민간회사에서 개발한 상용 1인칭 전투시뮬레이션으로 군에서 활용할 수 있도록 모의를 보완해서 미 육군·해병대, 캐나다 군 등에서 소부대 훈련용으로 활용하고 있다.
3) America's Army : 美 육군에서 신병모집을 위한 홍보차원으로 개발된 3차원 전투 및 훈련 체험을 할 수 있는 온라인 인터넷 게임이다.

능별로 반드시 필요한 모델은 기본모델과 연동하여 훈련하면 된다. 또한 상호운용성, 재사용성, 데이터 표준화 등을 통해 중복투자를 방지하고, 민·군 겸용 첨단 IT기술과 게임기술을 충분히 활용하여 개발비를 낮춤으로써 민·군이 상호 Win-Win 할 수 있는 방향으로 추진해야 한다.

미래형 전사양성은 전투게임을 통해 완성되고 전장에서는 게임에서 숙달한대로 행동하면 되는 시대가 도래하고 있다.

디지털 세상에서 한판 붙자!

우리 군은 지금 첨단과학군으로 가는 초입에 서 있다.

20세기 까지는 많은 부분에서 군(軍)이 민(民)을 선도하는 입장에 있었지만 21세기에 들어서면서 민간의 앞선 기술이 군의 발전을 촉진시키고, 나아가 첨단과학군으로 탈바꿈하도록 요구하고 있다.

지금 군에 들어오는 많은 자원들은 디지털 기기와 떼어 놓을 수 없는 세대들이다. 그들의 디지털식 사고와 행동은 군의 저변을 이루고 있으며, 커다란 파도와 같아서 그 대세를 거스를 수가 없는 것이 현실이다.

한편, 미래의 교육훈련 여건은 현재 군이 주둔하고 있는 지역을 포함한 도시지역의 확대와 국민들의 불편을 초래할 수 있는 군의 활동에 대하여 민원요구가 대폭 증가하는 등 제한요소가 점차 증가되는 추세로 이제 과거의 방식으로는 소기의 훈련목적을 달성할 수 없다.

이를 극복하기 위해서는 과거의 방식에서 과감히 탈피하여 새로운 개념의 과학화교육훈련 개념을 발전시켜 나가야 할 것이다. 이제 우리 군에 있어서 과학화교육훈련은 선택이 아닌 필수적인 요구사항이다.

따라서 미래 전장에서 요구되는 전투임무 수행능력을 갖춘 정예 장병 및 부대를 육성하기 위해서는 우선, 과학화 실기동훈련체계(Live)를 구축하여 실전적 훈련기회를 제공해야 한다. 그리고 가상모의훈련체계(VIRTUAL)를 활용하여 정밀복합무기체계의 기능을 조기에 숙달하면서 저비용·고효율의 전술훈련 성과를 달성할 수 있도록 해야 한다.

또한 워게임(War-Game) 모델은 제병협동 및 합동훈련이 가능한 통합형모델을 개발하여 작전환경과 훈련환경을 최대한 유사하게 구축해야 하며 작전요구에 부합한 맞춤식 훈련환경 제공을 위한 합성전장훈련체계(LVC)를 구축해야 한다.

교육훈련의과학화는 분명 시대의 거스를 수 없는 흐름이다. 과학화교육훈련 발전은 관련 실무사들에게 국한된 과제가 아닌 육군의 모든 구성원들이 절박하게 고민하고 노력을 해야 소기의 성과를 거둘 수 있는 사업이다.

육군이 많은 예산을 투입하여 미래 교육훈련의 과학화를 위해 진력을 다하고 있는 현 상황을 인식하고, 육군 구성원 모두는 미래 과학화교육훈련 체계를 발전시키는 데 모두가 힘을 모아야 할 것이다.

머지않아 과학화교육훈련 체계 속에서 훈련을 하는 우리의 모습을 떠올리며, 세계의 선진국들이 우리의 교육훈련시스템을 배우러 오는 날이 반드시 올 것이라 기대해 본다.

IT 강군

지금은 G(Global)세대라 하여 세상이 하루가 다르게 변화하고 있고, 우리 군도 미래에 대해 보다 빠르게 대응할 필요가 있다.

미래전은 장거리 정밀타격체계와 무인체계를 활용하여 초정밀 타격능력이 향상되며, 네트워크 중심전(NCW) 개념에 의한 실시간 지휘결심을 통해 결정적인 작전 우세권을 달성하는 단기속결전이 될 것이다.

이런 기술을 어떻게 군사작전에 활용하고 지휘·통제·통신·컴퓨터 및 정보체계(C4I)에 적용할 것인가에 대한 연구를 통해 우리 군대가 선진군대로 성장할 것인지 아니면 현재 이 상태로 머무를 것인지 결정이 될 것이다. 이미 여러 기관에서 많은 연구와 노력을 기울여 과학기술을 접목한 군사작전을 준비하고 있는 것은 참으로 고무적인 일이 아닐 수가 없다.

특히 우리 군은 국방 정보화 목표를 '네트워크 중심의 디지털화된 군사력 건설'에 두고 정보감시정찰체계(ISR)로부터 정밀타격체계인 정밀유도무기(PGM)체계에 이르기까지 여러 핵심 전장요소를 하나의 체계로 구성할 수 있는 지휘통제체계, 즉 C4I체계를 완성하기 위해 노력하고 있다.

육군전술지휘정보체계(ATCIS)가 최초로 전력화되어 2년 가까운 기간 동안 실제 운영 경험을 했던 군단장으로서, 그리고 군단장 시절 한국국방연구원 주관으로 실시한 국방정보화정책 세미나에서 기조 연설한 내용을 정리하여 ATCIS와 같은 C4I체계를 운용하면서 나타난 효과를 이야기하고, 또한 몇 가지 문제점을 제시하면서 육군 차원뿐만 아니라 육·해·공군 및 합동전력, 연합전력까지 포함된 C4I체계의 구축 방향에 대해 개인적 소견을 이야기하고자 한다.

먼저, ATCIS 가장 큰 장점은 실시간대 전장가시화이다. 이것은 실로 엄청난 효과라고 하지 않을 수 없으며 '적보다 먼저 본다.'는 개념이 구현된 것을 의미한다.

전장가시화와 더불어 상·하급제대간, 참모 부서간 이루어지는 정보공유 효과는 지휘관과 참모가 동시에 상황을 파악하여 임박한 상황에 대해 즉각적인 대처가 가능함으로써 '적보다 먼저 결심한다.'는 개념으로 실현되었다.

그 뿐만이 아니라 이제는 전 군단에 ATCIS가 전력화됨으로써 우리 군단의 전방 상황을 보듯이 인접 군단의 상황도 실시간 모니터하면서 지휘함으로써 인접부대간의 협조된 작전이 한층 원활하게 진행이 될 수 있게 되었다.

이러한 장점에도 불구하고 몇 가지 문제점이 있다.

우선 ATCIS를 사용하는 제대별 사용자의 요구 내용이나 요구 수준이 상이한데 이 모든 사용자를 만족시켜 주는 체계가 아니라는 것이다. 예를 들면 전투력수준을 측정하는데 군단장은 소총 몇 정, 소화기 탄약 몇 발을 보유하고 있는가가 중요한 것이 아니라 부대별 대구경화기의 전투력 수준이 필요한 반면, 대대장은 소총 몇 정, 수류탄 몇 발이 있는지 알고 있어야 할 것이다. 따라서 제대별 사용자의 필요한 메뉴가 구분되어서 지원되어야 한다.

다음으로 C4I체계의 총책임자라고 할 수 있는 Master의 부재를 들 수 있다. 소요제기부서와 소요결정부서, 개발부서가 상이하다 보니 사용자의 요구사항이 반영되기까지에는 많은 시간이 소요되고 있다. 앞으로 의사 결정을 하는 마스터가 임명되어 능동적이고 적극적으로 발전하지 않는다면 진부화될 것이 우려되는 현실이다.

또한 현재 ATCIS와 연동되고 있는 감시 및 타격체계, 상급체계인 합동지휘통제체계(KJCCS) 등과 원활한 연동이 어렵다는 것이다. ATCIS에서 상급시스템인 KJCCS로 상급부대에서 필요한 사항이 자동 연동되어야 할 부분도 군단에서 별도의 절차를 거쳐 입력해야 하는 실정이다.

그리고 안정적인 데이터 소통을 지원하는 기반체계 성능도 개선되어야 한다. 먼저 본다는 것도 기반체계의 지원이 없으면 안되고, 먼저 결심을 하여도 타격명령이 제 때 하달되지 못하면 소용이 없다. 사용자들은 더욱 많은 정보를 필요로 하고 그것도 실시간대 지원을 요구하고 있지만 현재의 기반체계는 충분한 용량을 제공하지 못하고 있다.

마지막으로, 조작방법의 보편화이다. 사회의 일반적인 인터넷을 어려서부터 조작해온 장병들은 일상화되고 보편화되어 있는 PC 조작요령이 체질화되어 있을 것이다. 그러나 ATCIS는 이러한 보편화된 조작방법과 다른 접근방법을 사용하고 있어 조작방법에 대한 교육소요가 많이 발생하기 때문에 야전에서는 부담스러울 수밖에 없을 것이다. 이러한 문제점을 해결하기 위한 몇 가지 발전방향을 제시하면, 먼저 C4I체계를 모두에게 동등한 비중의 체계로 개발시키는 것이다. 사단장이든 군단장이든 어느 한 제대를 중심으로 체계가 이루어지면 다른 제대는 상급제대를 위해 사역을 하는 입장이 되어 오히려 거추장스러워 할 것이다.

또한, 서로 다른 C4I체계끼리 유기적인 연동이 가능하도록 상호운용성 측면이 강화되어야 한다. 특히 획득단계에서부터 연동되어야 할 체계가 어떤 것인지 어떤 형태로 되어야 할 지 계획을 세우는 것은 더 많은 투자비용을 절감할 수 있는 시작점이 될 것이다.

아울러, 사용자 중심의 C4I체계가 되어야 한다. 수많은 사용자를 만족시킨다는 것은 쉬운 과제는 아니겠지만 그렇기 때문에 많은 연구가 필요하고 노력해 나가야 할 것이다. 그렇게 할 때 누구나 쉽게 보편적으로 사용가능한 C4I체계가 구현될 것이다.

끝으로, 평상시에도 사용자 곁에서 업무를 지원해 줄 수 있는 C4I체계가 되어야 한다. 훈련이나 유사시에 사용하기 위해 유지관리만 하고 있는 체계라면 이미 그 존재가치를 상실한 것이다.

C4I체계는 '물'이 되어야 한다고 생각한다.

밥 없이는 한 달 이상을 견딜 수 있지만 물 없이는 1주일을 버틸 수 없다. 물은 담고자 하는 그릇의 형태에 상관없이 담을 수 있다. 이것은 사용자의 요구사항에 적절하게 대응하는 다양성을 표현할 수 있다.

또한 물은 고이면 썩기 때문에 계속해서 흘러야 한다. 즉, C4I체계는 계속 변화해야 한다. 시대의 요구사항에 맞추어 변화하고 적응해 나가야 할 것이다.

우리 군도 사회의 발전적인 변화에 걸맞게 발 빠르게 변해야 하며 정보화, 과학화, 세계화에 신속하게 대응하는 IT강군이 되기를 기원해 본다.

교리·교범의 디지털화
(e-Book과 Wiki-Doctrine의 도입)

현재 우리 육군은 많은 분야에서 정보기술을 도입해 활용하고 있으며, 교리연구와 교범발간 분야에서도 최근 몇 년 사이에 괄목할 만한 발전을 이루었다.

교육사령관으로 재직 시에 이러한 분야에서 정보기술을 활용하여 발전시킨 사례를 소개하려고 한다.

먼저 전자 도서관 분야에서는 교범을 온라인상에서 파일 형태로 지원하는 체제에서 한발 더 나아가 e-Book 기술을 이용해 다운로드 과정 없이 실물과 유사한 형태로 서비스를 제공 받을 수 있도록 발전시켰고, 현재는 모든 기술교범에 적용했다.

이미 발간된 교범의 오류나 교리의 개정소요, 수정내용 등에 대해 수작업으로 책자에 표기해 왔던 것을 '교범개정 소요관리 프로그램'을 개발해 교범의 원본 파일은 별도로 보관하면서 수정용 파일을 추가로 생산해 교범의 오류나 수정사항을 편리하게 기록하고 유지하도록 했다.

또한 교범개정과 관련된 이력관리시스템을 병행하여 수정 내용에 대한 과거 이력을 확인할 수 있고 수정 현황에 대한 일자별, 교범별 수정통계까지 쉽게 알아볼 수 있게 하였다.

이밖에도 야전 또는 학교에서 제기하는 '교리발전 요구 제안서'의 접수 및 심의, '군사용어사전' 관리, '교리발전 소요 창출' 관리 등 교리연구에 관한 많은 분야에서 정보기술을 활용하여 업무편의를 도모하고 있다.

디지털 기술은 하루가 다르게 변화하고, 그 방향은 사용자 위주의 지식정보 관리와 편의성 증대로 발전됨을 생각할 때 교리연구 및 교범 발간도 이러한 변화추세에 부합되는 방향으로 발전되어야 한다.

따라서 교리연구와 교범발간의 발전된 형태로서 e-Book체제와 Wiki-Doctrine체제의 도입을 제안한다.

e-Book이란 도서로 간행된 저작물의 내용을 디지털 데이터를 이용하여 전자기록매체·저장장치에 수록한 뒤 유·부선 통신망을 활용해 컴퓨터나 휴대용 단말기로 그 내용을 열람할 수 있도록 하는 디지털 도서의 총칭을 말한다.

우리 교범도 이러한 e-Book 시스템을 도입한다면 언제 어디서든 사용자가 필요로 하는 곳에서 열람 가능한 전자도서로서의 기능발휘가 가능할 것이며, 현재 활용중인 교리의 실시간 적용이 획기적으로 개선되어 교리의 생활화에 크게 기여할 것이다.

Wiki-Doctrine은 위키(Wiki)라는 하이퍼텍스트(Hyper-text : 초본문)글의 한 가지를 교리에 활용한 것으로 글을 게시하고, 의견을 개진하는데 따른 제한이 없기 때문에 누구나 글을 써내려 갈 수 있다. 이러한 시스템을 교리관리체계에 적용한 것을 Wiki-Doctrine이라 한다.

미군의 예를 보면, 아프가니스탄전이나 이라크전의 경험자들이 자신들의 체험 내용을 실시간 게시함으로써 신속하고 원활한 피드백으로 다양한 교리를 필요한 인원에게 제공하고 있다.

이러한 사례를 우리 군에 적용하기 위해 먼저 일정자격자에 한해 자유로운 의견을 제시토록 하며, 적용 교범은 군사용어사전, 군사영어 용어사전, 소부대 전기·전술교범 등에 우선 적용할 수 있을 것이다.

군사용어사전을 예로 들면 새로운 군사용어가 발견될 시에 용어에 대한 의미를 게시자가 자유롭게 게시하면 열람자들이 그에 대한 의견을 제기하고 관리자가 특정 시점마다 검토하여 그 결과를 공지하는 시스템을 정착시킨다면 빠르게 변화하는 교리에 대하여 실시간 피드백이 가능할 것이다.

이는 현재의 일방향에서 다방향 소통시스템으로 개선함으로써 급변하고 있는 전쟁양상과 교리발전 추세에 효율적으로 대처할 수 있고 사용자 위주의 양질의 교범을 실시간 지원할 수 있어 한층 격상된 교리발전을 도모할 수 있을 것이다.

이같이 e-Book이나 Wiki-Doctrine 이외에도 전자기술을 도입한 교리연구와 교범발간의 발전은 얼마든지 확대하여 적용할 수 있을 것이다.

한 사람의 아이디어나 노력보다는 육군 구성원 모두가 관심을 갖고 창의적인 분위기 속에서 자유로운 의견 개진을 통해 자연스럽게 발전시킬 수 있을 것으로 생각된다.

미래의 디지털 발달에 따른 우리 군의 교리연구와 교범발간의 새로운 발전을 기대해 본다.

유비쿼터스로 가는 전자도서관

요즘 신문이나 방송을 보면 트위터, 엡스토어(아이폰 응용프로그램을 구입할 수 있는 사이트), 스마트폰 등 최첨단 정보통신과 관련한 신조어를 정신없이 쏟아내고 있다.

앞으로 펼쳐질 미래 사회는 유비쿼터스의 시대로서 촘촘하게 연결된 통신망을 통해 언제 어디서나 필요한 정보를 검색하고 가전제품 등 모든 전자 기기와 장비를 원격으로 제어할 수 있는 시대가 온다고 한다.

이렇게 최첨단 통신기기를 통한 정보의 생성과 유통이 갈수록 활성화 되면서 온라인을 통한 정보 활용은 우리 군에서도 일상의 모습이 되고 있다.

군의 전자도서관 사업은 2004년 육군정책발전위원회에서 육군통합전자도서관 구축 계획을 참모총장께 보고하면서 시작되었으며, 현재는 교육사령부에서 주관하여 육군의 전자도서관 사업을 추진 중에 있다.

이는 육군의 주요부대에서 보유하고 있는 각종 군사자료를 전자화하고 이를 통합 관리 운영해서 군에서 필요한 각종 군사자료를 시간과 장소에 구애받지 않고 컴퓨터만 켜면 한 곳에서 바로 활용할 수 있는 시스템을 구축하는 것이다.

전후방 각지에서 일일 약 6~7백 명 이상이 군사자료 검색과 원문 활용을 위해 교육사령부 전자도서관 홈페이지를 접속하고 군사자료 원문 1,000여 건 이상을 열람하고 있다.

아쉬운 것은 군내(軍內) 여러 가지 여건으로 통합전자도서관을 통한 자료 활용 및 공유가 제한된다는 점이다.

국방부에서 보급한 전자도서관 시스템이 각 부대 도서관에 보유한 군사자료 위주로 구축되어 각 부대 도서관에서 입력한 보유 자료 목록과 교범 관련 자료의 원문만 제한적으로 활용이 가능하다.

전자도서관에 탑재해 활용할 수 있는 전자자료의 범위를 육군에서 생산되는 모든 전자 자료로 확대할 수 있다면 전후방의 장병들이 임무 수행상 필요한 자료가 있을 때 여기저기 사이트를 방문하지 않고 손쉽게 '통합전자도서관'에 접속해서 빠른 시간 안에 필요한 자료를 확인할 수 있을 것이다.

일례로 기록정보관리단의 기록물검색시스템에는 참모총장 결재 문서부터 각 부대에서 생산한 보고서, 전자결재 및 개인 병적자료까지 육군에서 생산된 모든 기록정보와 역사자료가 망라되어 활용되고 있는데, 이를 '통합전자도서관'에 통합검색시스템을 도입하여 한 번의 검색으로 해결할 수 있다면 업무의 효율성은 물론 군사자료의 활용성을 크게 확대할 수 있으리라고 본다.

이와 연계해 원격교육시스템, 전자책, 지식경영, 각종 동영상 자료 등을 포함한다면 육군에서 생산된 모든 지식정보를 한 곳으로 모아 활용할 수 있어 현재 밖에서 화제가 되고 있는 스마트폰에 버금가는 군내 획기적인 지식정보의 활용 시대가 정착될 것이다.

이러한 관점에서 '통합전자도서관'은 군의 모든 전자지식정보를 종합해서 조직적으로 관리하고 여기에 보안성을 갖춰 군 장병들이 편리하게 이용할 수 있는 가장 적절한 수단이라고 생각한다.

머지않아 군사훈련이나 학교교육에서 개인별로 보급된 단말기를 가지고 무선으로 연결된 '통합전자도서관'에 접속해서 필요한 교범이나 각종 교육용 동영상들을 검색하고 열람하며 수업받는 학생들의 모습을 그려본다.

공지합동작전

우리 군은 합동작전을 강조하고 있다. 합동작전은 육·해·공군 중 2개 이상의 군이 공동의 작전 목적을 달성하기 위하여 상호합동으로 실시하는 작전이다.

그 중 공지합동작전은 공중부대가 지상의 육군부대 작전을 지원하기 위한 체제로 육군의 소요에 의해서 지원방법이 결정되어야 하며 육군은 최적의 지원체제를 연구하여 요구하여야 한다.

그 대표적인 전례가 걸프전('90.8.2~'91.3.1)이었다. 걸프전에서 '신속한 항공지원체계'의 유지는 항공작전의 목표였던 항공차단(INT), 근접항공지원(CAS)의 자유로운 임무수행을 보장하고, 공중우세권 확보를 위한 지원체계인 것으로, 이는 바로 효율적인 항공지원작전본부(ASOC)의 운용이었다. 즉, ASOC을 군단 및 군단급 부대에서 운용토록 하였으며, 지상작전 개시 이후에는 지상군에게 표적선정 우선권을 보장했다. 이를 통해 우리 군의 항공지원작전체제상의 문제점을 분석해보면 ASOC 운용제대와 임무수행지역의 불일치를 들 수 있다.

한국군은 각 야전군에 1개씩의 ASOC을 운용하고 있다. 야전군은 작전술적 기능수행 제대로서 지구사 전방전투지경선에서의 적지종심작전수행이 주역할인 반면, ASOC의 주기능은 CAS운용이다. 그러나 CAS 운용은 사단 및 군단의 적지종심작전 지역임을 감안할 때 ASOC을 직접 운용하는 제대가 잘못되었음을 알 수 있다.

따라서 공지합동작전체제는 군단별 ASOC 운용이 바람직하다. 군단급제대가 전술수행의 최상위제대이므로 작전 효율성 측면에서 군단중심 작전체제 구축에 기여함은 물론 공지작전 운용개념에 부합되는 적절한 구조이다.

즉, 군단 기동시 즉각적인 기동지원이 가능하고 각 군단별 지휘관에 대한 공군사항의 협조 및 조언이 원활하게 이루어지며 항공지원체제의 평시구축으로 전·평시 운용체제를 일원화할 수 있는 장점이 있다.

이를 위해서는 대부대급(작전술제대)에 공지작전협조단을 편성하여 연합·합동작전 수준에서의 실질적인 참모역할과 기능수행이 가능토록 공군 참모기구 편성이 필요하다.

문제는 군단별 ASOC 운용을 위한 병력 및 예산의 소요가 과다하고, 군단별 전력배당으로 전력운용의 융통성이 저하되며 전투기의 공중기동에 따른 공중 공간 관리의 혼잡이 예상된다는 점이다.

  따라서 ASOC 운용 체제의 개선은 단지 공지작전에서의 그 체제개선에만 국한되는 것이 아니며, 한국군의 대부대 작전술 체제의 강구와 미래지향적인 부대구조 개선과도 밀접한 관련이 있으므로 한 단계 격상된 작전운용적인 측면에서 접근되고 발전되어야 할 과제라고 할 것이다.

미래의 한국전쟁

2012년 전시작전권이 연합군에서 한국군으로 전환된다.

나는 군인으로 평생을 살아오며 과연 적이 어떻게 전쟁을 도발할 것인가에 대한 의문이 해소되지 않았다.

군인이 전사(戰史)를 연구하는 것은 과거의 전쟁사를 분석함으로써 미래에 대한 예측을 할 수 있기 때문이며, 옛 격언에도 '역사는 반복된다.'라고 하는 데서 중요성을 찾을 수 있을 것이다.

모든 전쟁사를 되짚어 보면 최초로 전쟁을 일으킨 도발국가는 최초의 공격에서 실패한 경우가 거의 없다.

우리나라만 하더라도 6·25 한국전쟁에서 김일성 집단은 낙동강 선까지 파죽지세로 공격하였고 임진왜란에서 일본군은 평양까지 거침없이 공격하였다.

중동전에서도 이라크를 공격한 미국은 역사사상 최단 시간에 바그다드를 점령하였다.

2차 대전에서 독일의 프랑스, 폴란드, 러시아 침공이 개전 초에는 거칠 것 없이 진격했다.

일본이 진주만을 기습공격하고 필리핀을 포함한 아시아의 대부분의 국가를 점령하였다.

그렇다면 침공 받은 국가는 왜 제대로 방어를 하지 못했을까? 하는 의문이 들지만 방자는 어떠한 대비를 해도 완벽함이란 있을 수 없고, 공자가 방자의 특정한 약점에 집중하기 때문에 초기작전에서 공자에게 유린되는 것이다. 또한 피·아간에 상대적 우위를 갖지 못하거나 약점이 없을 때는 공자도 공격을 하지 못하기 때문이다.

그러니 평시에 전쟁에 대비한 확고한 군사적 대비태세를 갖추면 공격받지 않는다는 결론을 낼 수 있는 것이다.

우리는 6·25 동란 이후 여러 번 위기를 겪었고 북괴는 한·미동맹군의 방위태세로 무모한 도발을 하지 못했다.

앞으로 전작권이 한국군으로 이양되고 동맹군인 미국의 한반도 전개가 과거와 같이 신속하거나 대군의 전개가 상황에 따라서는 지연되거나 축소된다고 볼 때 우리의 방위전략을 다시 검토해야 할 계기가 생긴 것이다.

군은 항상 최악의 상황을 상정해서 대비하는 것이 만국의 공통적인 개념이다.

그렇다면 북괴는 한국의 어떤 상황에서 또는 어떤 상황을 조성하고 도발할 것인지 우리의 독자적인 시각에서 봐야한다.

북괴가 전쟁도발의 가장 큰 장애요소로 미국의 개입을 가장 두려워할 것이며 미국의 '군사력 개입이 불가'한 상황이나 '군사적 개입전'에 전쟁을 종결하려 할 것이다. 또한 북괴는 군사적 수단 외에 모든 배합 가능한 수단과 방법을 동원할 것이며 남한 내의 동조세력을 최대한 활용할 것이다.

북괴의 전쟁목적이 남한의 적화에 있으므로 남한 전역을 군사적으로 석권하는 방법 외에 정치적인 협상에서 '연방제'의 수용 수준의 군사적 목표를 설정할 것이다.

대칭적이고 작전지속을 위한 경제력 소모가 큰 전쟁은 회피하고 비대칭적이며 단기작전이 가능한 가장 값싼 전쟁을 할 것이다.

북괴는 미국의 개입을 회피하기 위해 북괴에 우호적인 국가로부터 군사적 지원 없이도 수행 가능한 작전방법을 선택할 것이다. 북괴의 군사력은 남한의 군사력에 대칭적 수단으로 우리의 군사력을 고착하기 위한 양동과 실제 공격하는 군사력으로 구분하여 운용할 것이다.

전쟁 시기 면에서는 북괴의 체제 유지를 내부 관리만으로 유지하기가 곤란한 상황에 봉착하면 이를 타개하기 위한 방책으로 전쟁을 이용할 것이며, 남한 내부의 극심한 정치적, 경제적 혼란으로 자체 수습능력에 한계점이 노출되면 도발할 것이다.

한·미관계에서는 미국이 한반도 외의 다른 지역에 전투력이 투사되어 한반도에서 운용할 전투력이 극히 제한될 경우, 미국의 정책에 의해 북괴에 대한 군사적 제재가 불가피하거나 임박하면 선제공격할 가능성이 있다. 또한 북괴의 경제적 수준이 불안정한 상태에서 군의 감축 또는 세대교체 등 내부적 위기의식에 봉착하여 새로운 돌파구를 모색하는 방안으로 전쟁을 선택할 수도 있다.

마치 쥐가 고양이에게 쫓겨서 막다른 골목에 이르러 고양이에게 덤비는 상황을 배제할 수는 없다.

이러한 가정들을 전제한다면 미국의 군사적 개입을 방지한 상황의 전쟁을 고려하고 남한의 일부만을 해방구화하는 상태에서 가장 비군사적이고 남한 국민들의 안정된 생활을 극명하게 위협하는 전쟁을 시도할 가능성이 제일 높다.

북괴의 군사적 도발은 미국의 개입을 못하도록 하기 위해서라도 직접 남한을 공격하지 않는 것으로 위장하면서도 남한의 군사력을 고착시키고 남한 내부의 무장봉기에 의한 전복으로 보이도록 다양한 침투수단으로 게릴라화한 특수부대로 아군의 후방지역과 정부기능을 무차별 공격할 것이다.

이러한 예상은 북괴가 세계의 전쟁 상황을 분석하여 가장 경제적인 재래식부대 위주로 변화하고 있는 상황을 봐도 쉽게 예측할 수 있다. 따라서 육군은 이에 대한 대비에서 너무도 대응력이 부족하고 전력에서도 열세에 있음으로 국민적 관심이 있어야 할 것이다.

근래에 들어서 해·공군의 첨단전력을 확보해야한다는 여론이 비등하지만 북괴군에 대한 전력으로는 이미 우위에 있을 뿐 아니라 연합전력도 해·공군은 충분한 지원을 받을 수 있을 것으로 예상된다. 또한 북괴군의 침투전술에는 해·공군 전력은 유용하지 못하다. 그럼에도 해군은 '대양해군'이라는 구호를 외치며 미래의 불특정 위협에 대비해야 한다고 하고 공군은 '우주로'라는 구호로 영역을 넓혀야 한다고 목소리를 높이고 있다. 그러나 정작 육군은 북괴군에 대비해서 현격한 열세에 있으면서도 국민으로부터 주목받지 못하는 현실이 가슴을 답답하게 한다.

지금의 이라크와 아프가니스탄을 보면 미군의 해·공군이 할 수 있는 역할이 없음을 너무도 잘 보여주고 있다. 상대적으로 육군이 고전하면서 파병인원을 증편하기 위하여 고심하는 오바마 대통령을 보면 우리나라도 앞에서 나름대로 예상했듯이 육군의 전투력을 온전히 갖추어야만 북괴의 오판이 없을 것이며 만의하나 유사시에도 국가를 지켜낼 수 있을 것이다.

결국은 육·해·공군의 균형발전은 육군의 낙후된 수준을 해·공군 수준까지 올려서 미래의 위협에 대처할 수 있는 육군을 건설하는 것이다.

Ⅳ · 발상의 전환으로 선진국방건설의 주역이 되자

시지프스보다는 오디세이가 되라!

　　미국 컬럼비아대학 비즈니스 스쿨의 번트 슈미트(Bernd Schmitt) 교수는 "시지프스가 아니라 오디세이가 되라."고 외친다.

　　그리스 신화에 나오는 시지프스는 저주에 걸려 매일 산을 향해 바위를 굴리게 된다. 이처럼 시지프스는 고정관념에 사로잡혀 아무 의미 없는 일을 반복하는 '작은 생각(Small Think)'의 대표적인 예로 꼽히고 있는 반면, 오디세이는 트로이의 목마 하나로 오랜 전쟁을 단숨에 끝냈는데 이러한 창조적이고 대담한 아이디어를 '큰 생각(Big Think)'이라고 표현한다.

　　트로이를 정복하려 했던 그리스의 아가멤논 장군은 훌륭한 장군이기는 하지만 '작은 생각'의 한계 때문에 똑같은 전법을 되풀이해 10년 동안 지루한 전쟁을 계속할 수밖에 없었다. 결국 트로이를 함락시킨 장본인은 오디세이였다. 트로이에 선물로 바친다는 대형 목마에 병사를 몰래 싣고 가 하룻밤 만에 트로이를 손에 쥐었는데 이것이 바로 '큰 생각'의 대표적인 예라 할 수 있다. 이

것이 가능한 것은 틀에 박힌 작은 생각을 버리고 통념과 관행의 '편협한 생각'을 떨쳐냈기 때문이다.

우리 군은 '정예화된 선진 강군 육성으로 미래 지향적인 선진 국방역량 강화'를 목표로 미래 안보환경을 전망·평가하고 개혁의 성공을 위한 필수요건을 설정하여 2005년부터 군 구조와 국방운영 분야에서 개혁을 추진 중에 있다. 그러나 이 시점에서 가장 우려되는 것은 국방개혁을 보완하는 과정에서 기본 틀을 유지하는 범위 내에서 국방개혁을 보완하고 계획에 반영한다는 것에 대한 해석의 차이가 있다는 것이다. 여기서 '기본 틀'이라는 것이 잘못 해석하면 조직의 통념과 관행에 가로막혀 과거를 답습하고, 보다 창의적이고 멀리 내다보는 혜안을 가로막는 시지프스의 '작은 생각'과 같은 것이 되지 않도록 해야 한다는 우려도 조금은 있다.

이와 같이 개혁의 추진방법을 분석·평가·논의하는 과정에서는 과거의 계획을 답습하는 수준에서 과감히 탈피하여 계획이 아닌 실행차원에서 면밀히 검토해 볼 필요가 있다.

물론 현시점에서 Zero-Base 상태로 모든 것을 재검토 한다는 것은 그동안 추진해 온 과정을 고려해 볼 때 쉽지 않은 것은 사실이다. 그러나 지금이 아니면 국방개혁을 논의하고 보완할 기회가 제한된다는 절박감을 느껴야 한다. 앞으로 5년 후면 국방개혁은 미래가 아니라 현재 진행형으로 추진되고 있을 시점이기 때문이다.

우선적으로 논의해야 할 내용은 그동안 국방개혁을 추진해 오면서 전제조건이 되었던 '개혁성공의 필수요건'에 대한 냉정하고 진실한 평가가 선행되어야 한다. 이러한 평가를 기초로 보완할 소요를 도출하고, 이와 병행하여 한반도 여건에 가장 절실하게 요구되는 부대배비, 전력화 추진, 병력운용 등 다양한 분야를 우선순위를 설정하여 논의하고 계획을 보완해야 한다.

이 과정에서 오디세이처럼 '큰 생각'을 가진 많은 사람들이 주인의식을 가지고 동참하고 창의적인 대안을 제시하는 것이 매우 중요하다. 그리고 이런 과정을 거쳐 새로운 국방개혁 기본계획이 보완된다면 군내 공감대 형성을 통해 군심(軍心)이 결집됨은 물론 국민적 지지가 확보되어 보다 추진력을 얻은 가운데 진행될 것이다.

지금 국방개혁은 우화 '벌거벗은 임금님'처럼 아무도 비판하지 못하는 대상이 아니라 완전히 개방된 상태에서 누구나 논의하고 아이디어를 제공하는 대상이 되어야 한다. 이런 관점에서 국방개혁의 보완은 모두가 책임감과 사명감을 가지고 진지하게 고민하고 동참하는 전향적인 자세가 절실히 요구된다.

국방개혁은 군인뿐만 아니라 대한민국 국민, 우리 모두에게 주어진 '시대적 사명'이라는 점을 명심하고, 현재의 상황을 슬기롭게 극복하여 작지만 강한 정보·기술군이 되도록 지혜와 노력을 모아야 한다.

3가지 제언

지난 2010년 2월 캐나다 밴쿠버에서 개최된 동계올림픽에서 우리 선수들의 선전으로 세계 5위의 쾌거를 올려 한국의 브랜드 가치를 높였다.

국가 브랜드를 높이는 방법은 경제력, 군사력, 스포츠 등 다양한 요소가 있으며 군사력은 한 국가의 국력으로 상징된다.

국력지수를 평가한 결과 미국이 세계 1위이며 대한민국은 세계 11위로서 경제력과 비슷한 순위를 유지하고 있다. 이는 향후 10년간 우리 군이 병력집약형에서 기술집약형 구조로 변신을 한다는 것을 전제로 하고 있으며 이지스함, 차세대 전투기 등 해·공군의 괄목할만한 전력 향상에 근거를 두고 평가한 것으로 본다.

그러나 육군은 전력향상의 뒷받침을 이루지 못한 상태에서 병력만 축소하고 전 부대를 일률적으로 감편하는 등 실질적인 적

위협에 대한 대처가 미흡한 것 같다.

우리 육군이 싸워 이길 수 있는 강한 군대로 거듭 나기를 소망하며 군 조직의 효율적 활용을 위해 다음과 같은 3가지를 제언하고자 한다.

첫째, 초급간부의 전문성 제고를 위한 적재적소 보직이 요구된다.

육군은 해마다 초급장교를 육사 외 17개 과정 약 7천여 명을, 부사관은 7천 5백여 명을 야전에 배출한다. 이들 중 장교 약 25%, 부사관은 약 20%가 장기로 분류되어 군에서 근무하고 있는 반면, 75~80%가 의무복무 후 전역함으로써 많은 예산을 의무복무자 위주로 투자하고 있는 실정이다.

의무복무자들은 군복무후 차기 여건보장을 위해 보다 유리한 입장에서 병과를 선택하고 있다. 그 결과 특정병과의 경우 대학 전공과 관계없는 병과를 부여함으로써 야전에서 임무수행은 물론 전공자 위주로 편성된 병사를 지휘통제하는 데 어려움을 겪어 복무염증 등 여러 가지 문제점을 초래하고 있다.

이를 해결하기 위해 우리 군의 약 75~80%를 차지하고 있는 단기복무장교들이 수행하는 직책 중에서 전문성이 요구되는 직책은 중·장기적으로 활용 가능한 부사관으로 전환함으로써 전문성을 제고시켜 전투력을 증가시켜야 한다.

이렇게 되면 인력운영상 부사관에게 상위계급으로 진출할 수 있는 기회가 제공되어 안정적으로 직업을 보장할 수 있고, 장교 인력획득의 문제점도 해소할 수 있는 시너지 효과를 기대할 수 있다.

둘째, 효율성을 고려한 병과체계를 재정립해야 한다. 병과의 이익만을 따지기 보다는 육군 전체의 발전을 도모할 수 있도록 대승적 차원에서 개선이 이루어져야 할 것이다.

육군의 병과는 1948년에 미군 병과제도를 도입하며 14개 병과가 태동했고, 이후 정비기, 자주국방 모색기, 현대화 추진기를 거치면서 현재 23개 병과가 유지되고 있다.

미국은 전투, 전투지원, 전투근무지원으로 구분해 27개 병과가 있고 우리 군과 다른 특수전, 민사, 심리전, 군수, 특수의무병과가 있다. 독일은 20개에서 14개 병과로 정비했고, 전투근무지원병과(병기·병참·수송)는 군수로 통합했으며, 우리 군과 달리 기계화·산악·공수 보병, 특수전, 정찰병과를 두고 있다.

북괴는 전투, 지원, 기술로 구분하여 13개 병과가 있고, 병과 내에서 우리의 직능에 해당하는 전문병종(35개)을 운용하고 있으며, 보병은 저격, 경보, 정찰, 민경, 육전, 정치, 보위 등으로 세분화하는 한편 무기체계 특성을 고려하여 로켓 병과를 운용하고 있다.

국방개혁안을 살펴보면 병력구조는 현 병과 체계인 전투, 전투지원, 전투근무지원 병과를 유지한 상태에서 부대별, 신분별, 병과별로 감축안을 적용하여 자칫 특정병과는 임무수행에 제한을 느끼는 경우도 있어 병과 발전의 불균형을 초래할 우려가 있다. 따라서 전장의 중심이 되는 병과는 증가시키고 불요불급한 병과는 과감히 통합할 필요가 있다.

미래 군 구조 등을 고려해 봤을 때 우리 육군은 하위계급에서는 다양한 병과와 전문성이 요구되지만 계급이 올라갈수록 폭넓은 지휘역량이 필요하고 이를 위해서는 다양한 병과를 이해하고 통합 운용할 수 있는 능력이 요구된다.

우선 부대가 없는 병과는 병과의 의미가 없으며, 상위제대로서 병과부대가 장군까지 지휘관이 있을 때 단일병과의 역할이 있을 수 있으며, 병과에서도 하부구조와 상부구조의 부대수와 병력 수에서 일정한 비율의 운용인력의 소요가 있어야 한다. 소위부터 장군까지 과도한 피라미드형이나 원통형의 인력구조라면 이것도 유사기능 분야와 통합하거나 조정하여 균형성을 유지해야 한다.

예를 들어서 특수선 병과를 신설한다년 선문성은 높아시겠시반 대대장까지만 영관장교 소요가 있고 연대장은 소요가 없다가 다시 장군은 소요가 있기 때문에 단일병과를 만들 수 없는 것이다.

현대전으로 갈수록 고위급 장교는 다양한 경험과 통합 지휘할 수 있는 능력의 요구에 따라 병과의 수는 줄이고 전문특기를 다양하게 부여하여 미래 요구에 부응해야 한다.

군수기능(군수, 병기, 병참, 수송) 병과는 작전지역 확대에 따른 전투부대 중심의 신속하고 기동화된 제대별 통합지원이 요구되므로 병과 통합이 검토되어야 하겠다.

인사직능·부관·경리병과는 임무수행 및 인력·인사관리의 효율성 제고가 필요하며, 정훈병과 역시 사상전(思想戰)을 위해 병과가 태동한 이후 병과 의미가 약화되어 문화, 공보업무 등의 조정이 필요한 것이 현실이다.

의무분야도 군의·치의·수의·간호·의정의 5개 병과가 있으나 병과의 개념으로 보기 어렵고 단일 의무병과로 통합하고 전문분야별 특기를 부여한다면 운용의 효율성을 가져올 수 있다.

병과체계 연구는 다양한 의견과 견해 차이가 있을 수 있기 때문에 세미나, 공청회 등 합리적인 의견 수렴과정을 거쳐 육군 차원에서 검토가 이루어져야 할 것이다.

셋째, 양성 및 보수교육을 전장기능별 통합교육으로 발전시켜야 한다.

예를 들어 보병부대와 기계화부대의 통합된 기동, 이를 지원해주는 헌병과 화학부대의 통합된 기동지원, 포병·방공·항공의 통합된 화력지원, 보급·정비·수송·의무지원기능의 통합 등 제병과는 전장기능별로 평시부터 통합된 교육과 전투발전의 소요제안이 이루어져야 제병협동작전이 가능하리라고 본다.

미국의 경우도 이미 전장기능별로 학교를 통합하고 동일 지역 내 통합된 교육과 전투발전을 위해 학교장이 센터장을 겸해서 임무를 수행하고 있는 예를 보면 이에 대한 필요성이 입증 된다.

우리 군이 심혈을 기울이고 있는 국방개혁이 성공하기 위해서는 이를 뒷받침 할 수 있는 초급간부의 전문성 제고, 병과체계의 재정립, 통합전투력 발휘를 위한 교육개혁 등 군 조직 활성화 방안이 병행되어 추진되어야 할 것이다.

생각을 바꾸면 군수물자와 장비도 춤을 춘다

우리 군은 최근 첨단 민간 과학기술을 이용해 장비와 물자를 복잡한 절차 없이 손쉽게 구매하여 사용할 수 있도록 제도를 개선하고 관련 법규를 개정하는 등 지속적인 노력을 하고 있다.

특히 비무기체계(非武器體系)[4] 사업을 효율적으로 추진하기 위해 '비무기체계사업단'을 창설해 사업관리절차를 개선하고 우리 군에 필요한 장비와 물자를 적기에 개발하는 등 많은 발전을 이루었다.

그러나 아직도 무기체계에 비해 소요기획·획득·운용 및 폐기단계까지 전 순환주기를 망라하는 체계적인 사업관리가 부족한 현실에서 이에 대한 개선방안을 몇 가지 제안한다.

먼저 비무기체계 관련 용어에 대한 보완이 필요하다. 우리 군은 군수품을 무기체계와 비무기체계로 분류하고 있으며, '비무기

---

4) 일반군수품, 자동화정보체계, 교육훈련용 장비 및 물자, 기타 일반시설, 무기체계로 분류되지 않은 기타 장비 및 물자

체계'는 전·평시 전투력 발휘와 상관없는 물자와 장비로 인식하게 하는 부정적인 의미를 내포하고 있다. 따라서 이 용어를 누구나 부르기 쉽고 이해하기 쉬운 우리말로 대체하는 노력이 필요하다.

또한 비무기체계 소요 요청 업무체계를 개선해야 한다. 현재 비무기체계 중 일반군수품은 물자 및 장비류로 구분해 장비류는 교육사에서 물자류는 군수사에서 소요 제안업무를 주관하도록 규정되어 있는데 이러한 업무 분장은 현실에도 맞지 않고, 소요기획업무 발전을 위해서도 반드시 개정되어야 한다.

뿐만 아니라 비무기체계 획득방법 결정시기와 방법을 발전시켜야 한다. 무기체계 획득방법 결정은 먼저 소요를 결정한 다음, 이를 기초로 연구개발, 구매, 임차 등 획득방법을 결정한 후 관련위원회 심의를 거치도록 제도화되어 있다. 그러나 비무기체계는 소요제안서 작성시부터 획득방법 결정을 요구하고 있어 관련 자료나 정보가 부족한 상태에서 소요 제안이 이루어지는 문제점을 안고 있다. 따라서 무기체계 획득방법 결정절차를 참고하여 비무기체계 획득여건에 적합한 획득방법 결정시기 및 방법 마련이 필요하다.

아울러 연구개발 업체선정 방법 개선과 민수품을 군에서 확대 구매할 수 있도록 절차를 개선해야 한다.

현행 비무기체계 연구개발 업체 선정 시스템은 평가요소 선정 및 평가방법에 대한 객관성, 공정성, 투명성에 대한 의문점 발생

가능성이 잠재되어 있다. 따라서 무기체계 기종결정방법으로 채택하고 있는 조건충족 최저비용기법과 우선협상 대상 업체 선정과 같은 방법을 벤치마킹하여 비무기체계에 적합한 의사결정방법을 발전시켜야 한다.

그리고 군수품을 군용규격으로 지정하여 특정 모델만을 조달하고 있는 현 시스템은 급속히 발전하는 첨단 민간기술을 반영하기에는 제한된다. 따라서 비무기체계 표준품목의 상용전환 절차 관련 법규 개정과 과도하게 설정된 국방규격을 완화하여야 한다.

마지막으로 비무기체계 품목의 국방조달 관련 제도의 개선이 필요하다. 피복류, 급식류와 같은 품목은 특정단체의 수의계약 등으로 생산업체의 기술개선 의지가 약화되고 품질저하로 사용자 불만을 초래하고 있다. 또한 가격위주의 일반 경쟁 입찰계약 선호로 인해 저가계약의 우려가 있으며, 생산능력과 전문성에 취약한 업체가 참여할 가능성이 많아 안정적 조달이 제한될 수 있다. 따라서 단순히 가격만을 기준으로 하기 보다는 국산화 가능성이나 경제 파급효과, 차후 계약 등으로 계약방법을 다변화해야 한다.

고정관념을 탈피해 발상의 전환을 이루면 모든 것이 새롭게 보이기 마련이다. 문제의 식별에서만 끝날 것이 아니라 제도를 보완하고 개선해 나기기 위한 강력한 의지가 필요하며, 실천이 따라야 할 때이다.

함께하면 큰 힘이 됩니다

　군의 존재 목적은 전쟁이 일어나지 않게 하는 것이며, 만약 전쟁이 일어난다면 싸워서 반드시 이기는 것이다.

　이와 같은 목적을 달성하기 위해서는 많은 요소들이 있어야 하겠지만 무엇보다도 우수한 장비와 물자를 필요로 한다.

　오늘날 변함없는 북괴의 위협, 제한된 국방비, 주한미군의 역할 변화, 민간기술의 눈부신 발전 등을 고려할 때 우리 군은 민간기관, 즉 産·學·硏과의 상호협력을 통해 경제적으로 군의 장비와 물자를 첨단화시켜야 한다.

　그러나 첨단 민간기술을 군사적으로 활용하는데 있어서의 문제점은 보완되어야 할 것이다.

　먼저 민간기관들이 국방분야의 개발 및 활용에 참여하는 절차나 방법을 모르거나 제한을 받고 있다. 과거 군용품을 채택할 때 당시의 능력에 기초한 국방규격을 그대로 우리 군의 국방규격으로 적용하여 조달함으로써 우수한 성능의 민수용품을 교체해서 조달하는 것이 어렵게 되어 있다.

또한 현재 군이 사용하는 장비와 물자에 대한 정보와 미래의 군이 필요로 하는 장비와 물자의 발전방향, 수준, 시기 등을 적시에 제기하지 못해서 민간기관의 국방분야 연구개발 참여가 제한되며, 제품의 소요결정 및 조달시까지 걸리는 시간이 장기화됨으로써 민간기관이 군용품의 조달에 적극적으로 참여하지 않는다는 것 등을 들 수 있다.

이를 해결하기 위해서는 産·學·研·軍이 한 자리에 모여 상호협력 체계를 구축하고 관련 제도를 적극적으로 홍보해야 한다. 또한 걸림돌이 되는 사항은 개선하거나 필요시 새로운 체제를 구축하는 등 절차 및 제도의 정비를 적극적으로 추진해야 한다.

하나의 예로 군에서 현재 사용하고 있는 휴대용 조명기구는 최초 군에 납품시 설정했던 규격에 의해 조달되고 있는데, 어떤 기업에서 품질이 더욱 우수하고 가격도 현재보다 월등히 저렴하더라도 현재 납품되는 제품을 대체해서 즉시 납품할 수 있는 길이 없다는 것이다. 이 경우 참여하려는 업체에서 전투실험 요청을 하여 우수성이 공식적으로 입증되면 즉시 대체해서 납품하는 길을 열어 주어야 한다.

이같은 방향으로 추진한다면 투명성이 보장된 가운데 첨단 기술을 가진 민간기관의 적극적인 참여를 유도함으로써 첨단민간기술의 군 활용을 통해 강력한 군대 건설이라는 국가적 차원의 긍정적인 효과를 가져 올 것으로 예상된다.

선진국인 미국과 이스라엘에서도 민간기술을 군에 확대하려는 노력을 지속하고 있다. 미군은 변화되는 작전환경에 신속하게 첨단민간기술을 적용하기 위해 JCTD(Joint Concept Technology Demonstration)제도를 시행하고 있으며, 이스라엘은 민간기술을 이용해 기존에 전력화된 무기체계를 전장 상황에 맞도록 성능을 개선하여 즉각 제공하는 등 전투부대에 필요한 무기체계를 최단 시간 내에 전력화하고 있다.

따라서 군과 민간기관의 긴밀한 협력을 통하여 우리 군이 세계 최고의 성능을 가진, 그러면서도 경제적이고 사용하기 편리한 장비와 물자로 무장되기를 바라면서 작지만 강한 군대의 위용을 한껏 떨칠 수 있는 그 날을 고대해 본다.

일석이조(一石二鳥)

우리 군은 업무추진 간 세미나, 워크숍, 심포지엄, 학술대회, 전시회 등 각종 행사를 제대 및 부서별로 다양하게 시행하고 있다.

이와 같은 행사는 각 제대 및 부서별 행사의 성격과 내용이 중복되는 경우가 있어 시간과 예산의 낭비를 초래할 수 있다는 지적이 제기되고 있다.

지난 2009년 한 해 동안 실시한 행사를 살펴보면 무기체계 분야만 보더라도 합참에서는 사안발생시 무기체계 소개회를, 방사청에서는 업체·연구기관 신기술 및 신제품 소개회를, 교육사 예하의 각 병과학교에서도 무기체계 소개회 및 전시회를 실시한 바 있다.

M&S(정비 및 보급) 분야에 있어서는 국방부에서 '국방 M&S 정책·운용·기술발전'을, 육본 분석평가단에서는 '선진 과학육군 건설을 위한 M&S 발전방향'을, 교육사에서는 '육군 전투발전을 위한 M&S 역할과 발전방안'에 대한 워크숍 등을 추진하였다.

시행 제대별로 각기 다른 차원에서 특징적인 주제를 선정하여 시행했다고는 하나 참가 대상과 내용이 중복된 것이 사실이다.

이에 대한 발전방안으로 각 제대 및 부서 간의 긴밀한 협조 하에 공동 주최 또는 통합시행이 필요하다. 행사관련 업무 부담을 감소시켜 부서별 고유 업무의 집중도를 높인다면 오히려 업무성과와 효율성을 높일 수 있을 것이라 생각된다.

또한 각 제대 및 부서별로 사업계획에 반영된 사항과 업무수행 간 필요에 의해서 수시로 실시하는 각종 학술대회, 심포지엄, 워크숍 등이 상당이 많이 있는데 이 또한 유사한 내용별로 통합하여 시행해야 한다.

이같은 행사를 계획하고 추진할 때 자기 부서의 성과만을 앞세우지 말고 상·하 제대 및 관련기관의 상호 연관성을 고려하여 부서(대)와 기관 간 통합되고 효율적인 행사를 추진해야 한다. 특히 상급부대는 각종 행사를 검토하여 유사한 행사는 조정·통제함으로써 불필요한 노력의 분산을 방지하고 군 전체 업무의 효율성을 기할 수 있도록 대책을 강구해야 할 것이다.

명품 무기체계 개발은 이렇게

최근 개발된 우리 군의 K-9 자주포, K-2 신형전차, K-21 보병전투차량, K-11 복합형소총과 같은 명품 무기는 첨단 과학기술로부터 창출된 결정체라 할 수 있다.

이런 무기체계의 개발은 반드시 전투발전체계[5]의 틀 안에서 소요기획 절차를 밟아 이루어진다.

우리 군에 꼭 필요한 명품 무기가 탄생하기까지 거치게 되는 소요기획 업무수행 간 착안해야 할 사항을 제시하고자 한다.

먼저 소요창출 활동은 교육사에서 첨단 연구소 방문이나 세미나, 매년 10개 병과학교에서 실시하는 무기 및 비무기체계 소개회 등을 통해서 신개념 무기체계를 판단한다.

또한 군사 선진국이 운용하거나 개발 중인 검증된 무기체계를 우리 여건에 맞게 벤치마킹 하거나 전투발전 요구제안이라는 제

---

5) 지상전 개념을 구현하기 위해 필요한 능력을 도출하고, 합리적·과학적 검증 절차를 거쳐 전투발전방향을 제시하는 체계

도를 통해 야전운용 소요를 도출하기도 한다.

이렇게 명품 무기는 교육사에서 주관하여 산·학·연·군 합동으로 실시하는 창의적이고 다양한 활동에서 창출되는 것이다.

그러나 오랜 기간 동안 현재 운용중인 무기의 대체무기와 기능별·병과별 단일무기 위주의 소요창출로 인해 동일 기능 내 여러 종류의 무기체계를 중복 운용하는 사례를 낳기도 했다.

따라서 무기체계의 복합화 추세를 고려하여 전장 기능별 통합적 관점에서 소요창출이 필요하고, 객관적이고 명확한 전력식별 기준을 정립해야 한다. 식별된 전력은 군에서 운용이 가능한지를 전투실험 등을 통해서 검증을 하고, 이렇게 검증된 무기에 한해서 소요제안 과제로 선정해야 차후 불필요한 객관성, 타당성 등의 논란을 최소화 할 수 있을 것이다.

특히 교육사에는 병과학교의 소요제안서를 접수한 후 소요전력의 필요성과 제병협동성 등을 검증할 수 있는 심의기구를 갖춰야 한다. 심의회에서는 육본으로 소요제안 전에 제병협동 차원에서 소요전력의 필요성 검증과 병행하여 수장비와 연계된 교리, 교육훈련 장비 및 물자 등의 전력화 지원요소를 소요기획 단계에서부터 발전시킴으로써 전력발휘의 완전성을 보장해야 한다.

현행 소요기획 업무수행 체계는 관련 부대별 역할과 기능이 중복되거나 비효율적인 부분이 일부 있다. 예를 들어 장기 및 중기

신규, 중기전환, 성능개량, 작전요구능력(ROC) 수정 등의 소요기획 업무를 교육사와 육본이 공동으로 수행하고 있다. 이중 중기전환 은 이미 군에서 필요한 무기체계에 대해서 개발업체의 선행연구, 탐색개발 결과 등을 근거로 ROC를 구체화하고, 전력화 지원요소 를 보완하는 등의 업무를 추진하는 것이다.

그러나 탐색개발 결과 등의 문서가 교육사로 환원되는 체계가 없으며, 교육사에 전력화 지원요소를 구체적으로 발전시켜 작성 할 수 있는 조직이 갖춰져 있지 않으므로 교육사에서 중기전환 업무를 수행하는 것은 제한된다.

그러므로 교육사는 미래전투수행개념을 발전시키고 다양한 소 요창출을 통해 장기 신규 무기 위주로 소요제안을 하고, 육본은 교육사의 소요제안서를 협동성 차원에서 검토하여 소요전력을 국 방기획관리체계에 반영하는 역할을 수행하는 것으로 역할 정립이 필요하다.

또한 소요제안 업무를 교육사와 병과학교가 중복하여 다단계로 수행함으로써 불필요한 시간과 노력의 낭비 요인이 될 수 있다. 이에 대해 업무의 효율성 차원에서 교육사와 병과교가 무기체계 를 분담하여 소요제안 하는 방안도 검토해 볼 필요가 있다.

최근 국방 연구 및 개발(R&D)에 대한 투자 확대로 첨단 기술에 대한 기초 및 응용연구가 활발히 이루어지고 있다. 소요기획 단

계에서부터 이를 적극 활용하여 기초 및 응용연구 결과를 전투실
험으로 검증하고 이를 소요제안 한다면 적기에 명품 무기로 탄생
할 수 있는 것이다.

교리 연구에 예비역 전문지식을 활용해야

사회에는 일정기간 군 복무를 마치고 민간인 신분으로 돌아간 예비역(豫備役)들이 많이 있다. 정도의 차이는 있겠지만 일반적으로 현역시절의 근무경력이나 관심정도에 따라 특정분야에서 대단히 전문화된 지식과 축적된 경험을 보유하고 있으며, 이들의 노하우(Know-How)는 활용 정도에 따라 우리 군의 전투력 증강에 크게 보탬이 되리라 생각한다.

현역들은 인사관리 제도상 한 직책에 오래 근무할 수 없어 한 분야에 대해 장기간 연구하는 데에는 제한이 있을 수밖에 없으나 예비역은 이러한 제도에서 자유롭기 때문에 특정 분야에서 전문화된 연구가 가능하다.

교리(Doctrine)란 '군사(軍事)에 관한 일치된 견해로서 공식적으로 승인된 군사력 운용의 기본 원리'를 말하며, 교범(敎範)은 교리를 기록한 발간물이다. 대다수 교범은 교육사령부에 소속된 현역 교리 연구관과 학교별 교관들에 의해 작성되고 있다. 교육사령부에서는 새로운 교리의 발전과 수준 높은 교범작성을 위하여 미래 비전에 의한 중·장기 교리발전계획을 수립하고 연도별 교리사업 계획에 따라 체계적이고 조직적인 노력을 집중하고 있다.

특히, 전쟁 양상의 변화와 무기체계의 발달, 국방개혁 추진에 따른 부대구조의 개편, 북괴군 전술 변화 등을 감안할 때 교리발전 연구 소요는 기하급수적으로 증가할 것이다. 그러나 이를 연구하고 교리화하는 인원은 소규모 현역에 의해서만 운용됨으로써 인사교류에 따른 전문성 부족과 장기 활용성이 제한되는 문제점이 나타나고, 특히 각 병과 학교의 교관이 교범작성에 투입되고 있어 교관 본연의 업무인 학생교육에 소홀해 질 수 있는 부작용이 우려되는 실정이다.

외국의 사례를 보면 미국의 경우 교범 작성을 위해 전장 기능별로 많은 용역업체를 활용하고 있다. 또한 교리발전 소요창출을 위해 예비역 위주로 편성된 '전훈분석센터'를 운용하여 주요전투결과와 야전부대 훈련결과 분석 등을 통해 전투발전 소요를 창출하여 교리발전에 적극적으로 활용하고 있다. 독일과 이스라엘도 교리연구 및 교범작성에 예비역을 많이 활용하고 있다.

따라서 우리 육군의 인력 감축과 교리발전소요 증가 추세를 고려할 때 전문화되고 장기적으로 활용이 가능한 우수한 예비역을 교리연구 및 교범작성에 적극 참여시켜야 하는 것은 선택의 문제가 아니라 필연적인 귀결이라 생각된다.

예비역을 활용하여 교범사업을 성공적으로 추진하기 위해서는 몇 가지 고려되어야 할 사항들이 있다. 첫째, 전문성 있고 열정을 갖춘 역량있는 예비역을 선발하여 활용해야 한다. 둘째, 현역과의 업무 연계성을 보장하기 위해 부대 내에서 상근업무를 해야 하며 이에 상응하는 적정수준의 보수가 반드시 뒷받침 되어야 한다. 셋째, 우수자에게는 수회에 걸쳐 재계약의 기회를 부여하는 등 직업성이 보장되어야 한다. 넷째, 현역과 예비역의 혼합 TF를 편성하여 예비역의 전문성, 경험 등을 활용하고, 현역은 사업통제, 자료수집과 지원 등의 보조역할을 수행함으로써 각각의 한계점을 극복하고 장점을 최대한 활용하여 시너지(Synergy) 효과를 극대화해야 한다.

이 같은 제도가 정착된다면 예비역의 전문지식과 풍부한 경험을 활용해 수준 높은 교리연구 및 교범작성이 가능할 것이며, 예비역에 대한 일자리 창출이라는 부수적인 효과도 거둘 수 있을 것이다.

또한 교범작성에 운용되었던 학교 교관이 본연의 임무인 학생교육에 전념할 수 있는 여건이 보장됨으로써 학교교육 수준 향상에도 기여할 수 있는 등 1석 3조의 효과를 기대할 수 있을 것이다.

군사문화 선진화를 어떻게 이룩할 것인가?

　법과 제도의 발전, 문화수준의 향상 등 사회의 발전과 더불어 우리 군사문화도 괄목할만한 변화와 발전을 이루어 왔다.

　병영시설, 복지 등 외형적인 선진화와 더불어 구성원들이 마음으로 자부심과 성취감을 느끼며 보람된 군생활이 되기 위해서는 우선 불합리한 패러다임을 바꾸기 위한 의식개혁이 선행되어야 한다. 의식개혁은 과거를 그대로 답습하는 것이 아니라 구성원들의 다양성을 이해하고 수용하며 나와 다름을 인정할 줄 알고 포용하는 의지와 실천을 의미한다.

　그리고 장병 상호간에 존중과 배려를 바탕으로 정신적 삶의 질을 보장하고 구성원의 헌신과 열정을 유도할 수 있도록 인간중심의 리더십이 행동화되고 습성화되어야 한다.

　또한 신세대 장병들의 강한 개성과 개인주의 성향은 군 조직문화에서 갈등으로 표출될 수 있는 소지가 있으므로 이를 어루만질 수 있는 노력들이 요구되고 있다.

최근 취업포탈 잡코리아에서 실시한 직장인 1천명을 대상으로 행복 만족도를 조사한 결과 현대인들은 고도의 문명과 부유한 환경 속에서도 오히려 본인은 행복하지 않다고 느끼거나, 외톨이가 되거나, 불안한 심리상태를 유지하거나, 복합적인 우울증을 앓고 있는 것으로 나타나고 있다.

이는 사회가 아무리 발전하였다고 해도 변화된 그 환경 자체를 가지고 현대인들의 삶의 질이 향상되었다고 객관적으로 평가 할 수 없다는 것이다. 우리 군도 마찬가지이다. 사회가 변화하고 발전됨에 따라 우리 군의 병영문화도 개인의 영역과 공동의 영역이 조화롭게 공존하는 자율적 통제의 공간과 환경으로 변해야 한다. 더불어 시대적 요구와 구성원들의 특성을 고려한 병영생활제도 개선이 이루어질 때 장병들의 사기진작을 통한 복무의욕 증진이 가능할 것이다.

그리고 사회병리 현상이 병영 내에 무분별하게 유입되면서 인명 경시 풍조가 나타나고 있어 전문기능이 통합된 과학적 안전관리체계 구축이 요구되고 있다. 병영 내 발생할 수 있는 비전투손실을 예방하기 위해 과학적 장병성향 분석기법을 지속적으로 개발하고 간부들의 전문능력 배양을 위한 안전자격 인증제를 확대할 필요가 있겠다.

이러한 노력을 기울일 때 조화로운 질서 속에서 구성원이 스스

로 행복감과 성취감을 느끼며, 국민들로부터 신뢰받는 군사문화
선진화를 이룩할 수 있을 것이라 확신한다.

외국출장을 통해 본 군(軍) 문화제도

군생활간 몇 차례 해외출장을 다녀올 기회가 있었다. 그 때 보고 들은 것 중에서 우리 군이 본받아야 할 정신과 제도에 대해서 많은 후배들에게 알리고 싶은 일이 있다.

대령 때 러시아, 영국, 독일, 프랑스의 군 교육현장을 견학하기 위해서 보름동안 출장을 다녀왔다.

그중에서 가장 기억에 남는 곳이 독일이었다. 교육사령부를 방문해서 소개를 받고 나서 많은 질문을 했다. 부대소개를 할 때 교육훈련부장인 장군(소장)이 직접 브리핑을 하며 질문에 진지하게 답변을 해주고 자료를 챙겨주는 것이 인상에 남았다.

그 중에서도 내가 특이하다고 생각한 것은 정복 색깔이었다. 대부분의 나라는 정복 색깔이 녹색 계통인데 독일은 카키색이었다. 우리가 흔히 영화에서 보는 독일 군복이 회색인데 왜 색깔을 바꾸었냐고 물었다.

교훈부장이 답하기를 독일은 군인의 잘못된 판단에 의해서 2차

대전을 일으켰고 국민들과 세계에 큰 고통을 주었다. 그래서 군인의 본분인 국민의 군대로서 어떤 색깔이 적절할까를 연구한 끝에 잘 드러나지 않으면서도 가장 평온하고 안정감이 있는 헌신을 상징하는 색깔이 카키색이라는 결론이 나왔다는 것이다.

또 독일 장군들은 계급의 표시인 별을 어깨나 옷깃에 달지 않고, 콩알만한 것을 양쪽 소매에 달고 있었다.

왜 특이하게 소매에 별을 달았느냐고 질문을 하니 계급장은 남이 보는 것이 중요한 것이 아니라 자신이 봐야 한다는 것이다. 항상 자신이 볼 수 있도록 하기 위해서 소매에 달았으며 모든 행동을 할 때 "나는 이 계급에 맞는 행동을 하는가?"라는 질문을 스스로에게 하면서 그에 걸맞은 처신을 하기 위해서라고 한다. 책상에 손을 얹고 일을 할 때도 "장군으로서 올바른 일을 하는가?"라고 스스로에게 자문하며 일을 해야 한다는 것이다.

이러한 봉사의 정신과 책임있는 행동을 위한 뜻이 군복에 숨어 있는 것을 보고 '우리는 과연 어떠한가?'라고 자문을 하게 된다.

소장 때는 일본과 대만을 갔었다.

일본의 방위성에서 업무 협조회의를 하고 나니 점심때가 되었다. 식당으로 안내할 것이라는 예상을 깨고 회의용 테이블에 도시락을 펼쳐 놓기 시작했다.

조금 특별하다는 생각이 들어 왜 식당에서 식사를 하지 않고 도시락을 시켰느냐고 물었더니 하야시 장군은 "미안합니다. 방위성안에는 식당이 없습니다."라고 하면서 밖으로 나가서 식사를 하기에는 시간이 부족해서 도시락을 준비했다며 양해를 구했다.

궁금한 생각에 평소에는 어떻게 식사를 하냐고 질문하자 자기 손으로 준비한 도시락을 싸가지고 와서 먹는다는 것이었다. 재차 육막부장(육군총장)은 어떻게 식사를 하냐고 물으니 육막부장은 직접 도시락을 싸가지고 오지는 않고 밖의 식당에서 도시락을 배달해서 먹는다는 대답이다.

참 특이한 문화라고 생각하고 다음날 홋카이도의 기갑사단을 방문했다. 점심시간에 회의실에서 식사를 하게 되었는데 사단장(중장)이 식사가 간소하여 미안하다고 사과하는 것이다. 부대 안에서는 병사부터 장군까지 모두 똑같은 병영식을 하기 때문이라고 설명을 했다.

일본 방문을 마치고 대만을 갔었는데 대만 육군사령관(육군참모총장)과 점심을 함께 먹었는데 여기서도 일본과 같이 병사부터 참모총장까지 부대 내에서는 똑같은 병영식을 함께 먹는다고 했다.

이런 모습을 보며 신분마다 다른 장소에서 다른 메뉴로 식사하는 우리가 본받아야 할 일이라는 생각을 하게 되었다.

교육사령관 때는 미국 교육사령부를 방문했었다. 당시 사령관은 워싱턴으로 출장을 가고 부사령관인 발코트 부사령관이 영접과 토의를 하고 저녁에는 부사령관 공관에서 우리들을 식사대접했다.

부사령관 공관이 우리 숙소 가까이 있었는데 지나다니면서 보니까 아주머니 한분이 열심히 정원을 손질하고 청소를 하고 있었다. 후에 알고 보니 그 분이 바로 부사령관 부인이었다.

식사 준비도 부사령관 부인이 사령관 공관 요리사와 함께 준비했다는 말을 듣고 우리도 이제는 선진국들의 손님 접대 문화를 본받아야 할 때가 되었다고 생각했다.

식당, 목욕탕, 이발소, 복장 등 전반적으로 계급이 높을수록 혜택을 누리는 것은, 신분 간의 갈등을 낳고 위화감을 조성하며 심한 경우는 상관에게 적대감을 갖게 한다는 것을 깨달아야 한다.

군인 가족 복지여건 어떻게 개선할 것인가?

　고도의 경제성장과 평균수명의 연장 등 국민의 생활수준은 향상되었으나, 군의 경우는 그 직업적 특수성으로 말미암아 사회의 타 직업인에 비해 가족생활이 낙후되어 있는 것이 현실이다.

　특히 군은 여타 직업에 비해 전속에 따른 빈번한 이사, 격오지 근무에 따른 열악한 주거환경, 아동발달과 자녀 교육의 어려움, 그에 따른 가족과의 별거 등 그 어떤 직업보다 가족의 희생이 요구되고 있다.

　이러한 전반적인 군 복지 분야의 낙후는 인력확보의 어려움은 물론, 현재 군에 몸담고 있는 직업 군인 및 가족들에게 사기앙양 및 동기 부여의 측면에서 심각한 부정적인 영향을 미치고 있는 것도 사실이다.

　세계적 강군은 이미 국방 업무를 수행하는 군의 일부로서 군 가족 지원에 많은 노력을 기울이고 있다.

　우리 군의 현실은 그렇지 못하며 직업군인의 가족에 대한 복지

여건 개선 관련하여 몇 가지 의견을 제시하고자 한다.

먼저, 군 숙소지원 분야이다. 직업군인의 임무수행 여건 보장을 위해 안락하고 쾌적한 주거공간의 제공은 복지정책의 최우선 과제 중에 하나이다.

군 숙소의 현주소를 살펴보면 소요 대비 보유율은 95%이나, 이 중 32%가 건립 후 20년이 경과된 노후한 숙소이고 43%가 50㎡ 이하의 협소하고 열악한 상태이다. 매년 1,300여 세대의 노후한 숙소가 발생하여 개선을 위한 예산 소요가 지속적으로 발생하고 있다. 또한 사용부대의 설계 기본요구사항의 수시변경 및 운영비 협의 지연 등으로 인한 임대형민자사업(BTL) 추진이 지연되어 사용부대와 사업자 간의 협상 장기화가 불가피한 상태이다.

이를 개선하기 위해서는 중·장기계획을 구체화하고 BTL사업과 일반회계예산을 명확히 구분하여 군 숙소 부족분은 BTL사업으로 추진하고, 협소한 관사는 개수 후 독신숙소로 전환하고, 노후한 관사는 안전평가 후 철회하는 등 사회 주거환경 변화에 맞는 복지 향상을 위해 적극적으로 추진해야 한다.

다음은 군인가족지원 분야이다. 군 여성인력의 경제활동 및 맞벌이 부부의 근무여건 보장을 위해 군 보육시설을 건립하여 국·공립 보육시설로 전환하고 특히 격오지 등 민간시설의 이용 여건이 불비한 지역 위주로 우선 건립이 되도록 추진하여야 한다.

또한 홀로 자녀를 키우는 여군과 아내가 직장을 갖고 있는 경우 훈련, 근무, 야근 등 문제점 해결을 위해 자녀 위탁지원이 필요하다. 이러한 어려움을 해소하기 위해 지자체 건강가정 지원센터에서 운영하는 아이돌보미 서비스 지원을 적극 홍보하여 양육여건을 보장하여야 한다. 그리고 군 자녀를 위해 학교에서 가까운 기숙학사를 배정하여 시간적·경제적 부담을 줄여주었지만, 기숙학사 부족소요에 대해서는 국방부 차원에서 해결해야 할 부분이다.

현재 중·고등학교 자녀들에게만 지급되는 학비보조수당을 민간 대기업처럼 중·장기적으로 대학자녀까지 확대해 나가야 한다. 군인이 그 직업을 자랑스럽게 생각하고 자부심을 갖도록 하는 것은 멀리 있는 것이 아니라 그들이 생활하고 있는 공간이 불편하지 않고 편하게 느끼는 데서부터 시작된다. 내 가족이 즐거워야 내가 편하고 신나게 일할 수 있는 것이다.

그러므로 군인가족 복지여건 대책 마련은 우리 군이 강군으로 가는 전투력 향상의 출발점이라 할 것이다.

군인과 정치

민주주의의 가장 중요한 활동 중 선거가 차지하는 비중은 민주화의 척도라고해도 과언이 아닐 것이다.

후진국이고 미개국인 나라들이 선거를 치루며 겪는 혼란이 그 나라의 발전에 걸림돌로 결정적인 역할을 하고, 세계에서 둘도 없는 독재집단인 북괴가 단일후보를 내고서 찬반투표를 공개적으로 함으로써 민주주의 자체를 싹트지 못하도록 원천 봉쇄하는 것을 보면 우리나라는 짧은 기간에 대통령, 국회의원, 지자체, 교육감등 수많은 선거를 통해서 민주주의를 정착시킨 나라의 반열에 들어있다.

군생활 중 초급장교시절 어떤 특정한 인물에게 표가 가도록 보이지 않는 암묵적 유도가 있었음을 부정할 수가 없고 일반 사회에서 말하는 군부정치라는 오명 때문에 우리 군은 근래에 이르러서는 오히려 불이익을 받고 있다고 할 수 있다.

선거 때가 되면 정치인을 만나지 말라는 지시가 있고 부대출입에 대한 것도 대단히 엄격해 지다보니 자연적으로 선거 때가 아닐 때도 정치인을 멀리하는 현상이 이제는 모든 제복을 입은 군인들에게 몸에 배게 되었고 마치 자라보고 놀란 사람 솥뚜껑보고도 놀라는 상황이 되어버렸다.

결국은 군이든, 사회단체든, 기업이든 정치를 통해서 그 조직이 지향하는 목표를 달성해야 하는데도 불구하고 군만이 정치인들을 경원시해서 안보와 관련된 영역에서 군의 목소리가 전달되지 못하고, 국민의 관심에서도 멀어지고, 정책적으로 반영되어야 할 사안도 도외시 되고 있다.

이제 국민들의 의식수준도 높아지고 군이 정치인을 통해서 이권을 챙긴다든가 국정에 잘못된 판단을 하게 하지 않는다는 것을 이심전심으로 알고 있다고 본다.

또한 바르게 교육받은 젊은 세대들이 지휘관이나 선배들의 어떤 요구에 의해서 자신의 생각을 바꾸고 소신을 쉽게 접지 않는 상황이 되었기에 이제는 군에서도 정치권에 대한 접근방법을 바꿀 때가 되었다.

우선 군인도 국민의 한사람으로 정당한 권리를 행사할 수 있기 위해서는 정치인과의 접촉을 차단하는 군의 방침이 바뀌어야 한다.

가장 우려하고 있는 부분 중에 군 인사에 대한 염려인데 군의 인사가 독립적으로 지휘계통에 의해서 행사되고 현역의 참모총장에게 모든 힘이 실려 있기에 정치권의 입김이 작용되지 않는 체제에서 군 지휘부의 올바른 인사권이 행사되면 인사에 관여할 소지는 없다.

국민의 의사결정을 하는 정치인을 적극적으로 만나서 지역의 현안에 대한 해결을 해야 할 부분도 있고 군의 국민에 대한 설득도 결국은 정치인을 통해서 최종적으로 의사결정이 되는 것은 자유민주주의의 기본이기에 진정으로 조국을 위한다면 군인이 정치인을 만나야 한다.

특히 선거시기가 되었을 때는 오히려 적극적으로 군에 대한 상황을 알려주어야 하고 필요한 것은 요구해서 공약에 포함되어야 한다.

징병제에 의해서 국민의 자제들이 복무하고 있는 현실을 볼 때는 오히려 정치인을 기피하기보다는 장병들의 권익을 위해서 적극적으로 활동할 필요도 있다.

최소한도 법에서 보장하고 있는 범위에서 공무원들의 행동반경과 동일하게 허락되어야 하고, 이것을 군인이 정치적 중립의무라는 명분으로 제약해서는 안 된다고 본다.

우리 군이 과거의 정권창출과정에서 문제가 있었다고 해서 아직도 그 짐을 지고 앞으로 나가는 것을 주저한다면 남북이 대치하고 있는 대한민국의 안보상황에서는 바람직하지 않다.

시대의 사명

2010년은 6·25 한국전쟁 60주년이 되는 해이다.

60년 전 우리 육군은 김일성 괴뢰 10개 사단의 남침에 빈손으로 맞서서 죽음으로 강토를 지켜냈다. 6·25 한국전쟁 60주년을 맞아 북괴군의 남침능력에 대비하여 우리 육군의 대응능력을 평가하고 미래 육군을 설계하고 발전시키는 계기로 삼아야 한다.

우리 육군은 국가방위의 중심군이라는 몫을 다하기 위하여 노력하고 있으나 현실은 대단히 어려운 상황에 처해있다. 2020년도를 목표연도로 대폭적인 병력감축을 해야 함에도 불구하고, 전력증강계획은 경제적 어려움으로 계획된 국방비를 획득하지 못해 수정이 불가피 하다.

그리고 병 복무기간 단축으로 숙련병은 점차 감소하고 있으며 해·공군에서는 육군의 어려운 여건을 이해하기 보다는 국방개혁이라는 명분으로 해·공군의 전력증강을 가속화시키고 있다. 반면 북괴군은 경제력이 악화되었어도 결코 군을 줄이거나 전력증강을 늦추지 않고 오히려 군의 역할과 역량을 강화해 가고 있으며, 특히 비대칭 전력의 증가는 우리에게는 심각한 위협이 되고 있다.

그럼에도 전후세대들은 60년 전의 전쟁을 잊어가고 있고 김일성의 대를 이은 김정일의 선전선동에 일희일비하는 일부 국민들의 모습에서 군인으로서 안타까움을 금할 수 없다.

육군의 어려운 현실은 누구도 해결해 줄 수 없으며 우리 자신이 최선의 대안을 찾아야 하고 예비역을 포함한 안보를 걱정하는 국민과 함께 문제를 극복해나가야 한다.

첫 번째, 자유민주주의에 대한 확고한 신념이 형성되도록 정신전력을 강화해야 한다.

적을 적으로 보지 않고 동족이라는 미명아래 북괴의 주장에 동조하고 더 나아가서는 우리의 체제를 와해시키려는 일부 세력들은 안보에 심각한 위협이다.

체제를 전복하려는 세력의 존재를 장병들에게 교육하고 자유민주주의를 수호할 건전한 국민교육의 역할을 육군이 주도적으로 수행해야 한다. 전투력에서 유형전력이 제 기능을 발휘하게 하기 위해서는 무형전력이 확고해야 한다.

우리나라와 같이 동족 간에 상호 대치하고 있는 군인은 적보다 확고한 자신의 정체성과 국가 수호의지를 갖추어야 한다. 지금까지의 정신교육은 우리 자신의 부대단결을 중시했다면 앞으로의 정신교육은 적의 체제에 대한 비판능력과 북괴군의 약점을 찾아내고 이를 이용하는 방안을 강구하여 정신전력 자체가 전투의 한 축이 되도록 해야 한다. 즉 수세적이고 보호적인 차원에서 공세적인 정신전력의 운용개념을 만들어 가야 한다.

두 번째는 군의 문화가 쇄신되어야 한다.

군이라는 특성은 계급과 직책이 있고 상·하가 엄격히 구분되어 있으며 책임의 한계가 분명한 조직의 특성을 가지고 있다. 그러나 이러한 특성으로 인해서 경직적인 문화가 형성되어 있음을 부정할 수 없다. 군 문화라면 무조건 터부시하고 죄악시 하던 시절이 있었으며 이로 인해 군대 문화의 훌륭한 부분인 효율성, 인간적인 면들이 폄하되어 왔다. 앞으로는 우리 자신의 위상을 스스로 지켜야 한다. 그리고 가장 신뢰받는 안보조직으로서 지켜왔던 많은 전통들 중에서 우리만의 문화를 찾아내고 정제해서 명품의 반열에 올려놓아야 한다.

특히 건군 60년의 역사에서 군대문화를 찾음과 동시에 새로운 문화도 만들어가야 한다. 정체되어 있는 것은 결국 퇴보하는 것이며 경쟁력이 없는 상품은 소비자에게 외면당하고 진열대에서 사라지게 되어있다. 국민으로부터 외면 받는 군이라면 이미 군으로서의 존재가치를 상실한 것이다. 우리 스스로 선진군대를 지향한다고 구호를 외치고 있지만 어떻게 처신했는지 되돌아 볼 필요가 있다. 선진국들의 장교들과 비교해서 그들보다 진정으로 능력을 갖추고 있는지 부대 운영은 합리적인지, 도덕적으로도 자신이 있는지, 부하들로부터 존경받고 있는지 자문한다면 길이 보일 것이다.

세 번째는 우리 군의 조직과 운영의 혁신이다. 우리의 장점을 더욱 확대하고 약점을 보완하며 운영의 효율화를 추구해야 한다. 일본군 장교들이 한국군에 대해 가장 부러운 것이 징병제도와 예비군 제도라는 것을 육본 정작부장으로 재직시 육군 막료부장으로부터 들은 적이 있다. 우리의 병역제도가 국가를 존속시키고 번영시키는 데 얼마나 큰 장점인 것을 깨닫지 못하지만 외국에서는 달리 본다는 것을 알았다. 그렇다면 우리의 징병제와 예비군 제도의 장점을 살릴 수 있는 연구가 계속되어야 하며 육군의 군 구조변화에서 중요한 요소로 재조명 되어야 할 필요가 있다.

육군의 감축이 불가피한 상황이라면 현재보다 전투력이 저하되지 않도록 모든 노력을 다해야 한다. 이를 위해서는 육군의 모든 구성원들은 물론이고 육군을 아끼는 국민들이 함께 토의를 하고 논의를 하여 최적의 안을 만들어 가야 한다. 논의의 과정에서 목표 연도도 수정될 수 있는 것이며, 부대의 구조와 배비도 수정될 수 있고 병력의 규모도 북괴군의 지상군을 고려하여 얼마든지 가변적이어야 한다. 전체의 병력규모가 축소됨에 따라 병과도 재설계 되어야 하고 인력운영의 융통성과 효율성도 증대시켜야 한다. 자신이 속한 병과를 보호하려는 소아적인 이익을 쫓지 말고 대승적 차원에서 생각하고 신분이나 계급도 부대구조 변화에 따라 새로운 시각으로 재판단하여야 한다.

네 번째는 교육훈련의 전향적 발전이다. 북괴군은 6·25 한국전쟁에서부터 최근 국제적 분쟁에서 교훈을 도출하여 전략, 전술로 채택하고 있다. 한·미 연합전력의 강점을 회피하고 미군이 증원하기 전에 기습공격과 속도전, 경보병부대를 증강하여 배합전을 강조하고 있다. 현재 야전과 학교에서 시행하고 있는 훈련 상황과 방법이 북괴군의 전략, 전술에 대응할 수 있는지 면밀히 검토해야 한다. 단편적인 공격과 방어로 일관하는 훈련방법으로 교육하고 있다면 북괴군이 추구하는 기습공격, 속도전, 배합전을 고려해 실전장과 유사한 훈련 상황을 조성해야 한다. 훈련방법에서도 효과를 증대시킬 수 있고 과학화를 통한 전장실상과 유사한 훈련환경 조성이 가능한 합성전장훈련(LVC)환경을 구축하는 것이다.

그리고 교육 패러다임은 주입식으로 가르치는 교육이 아닌 학생 스스로가 체득하는 시스템으로 향하고 있다. 따라서 미래의 교육은 가르치는 교육이 아닌 스스로 체득하는 교육으로 전환해야 한다. 미래 학교교육은 꼭 필요한 것만 소집해서 교육을 하고 나머지는 스스로가 자신이 원하는 프로그램을 선택하여 찾아서 체득하는 교육문화로 발전시켜 나가야 한다.

끝으로 우리 육군의 고급 지휘관들은 현재의 상황이 어느 때보다도 미래 육군의 모습을 설계할 절호의 기회이면서도 위기의 시기라는 것을 잊어서는 안 된다. 지금의 계획이 타당한지 몇 번이고 검토를 해야 하고 더 좋은 대안이 없는지 찾아봐야 한다. 오늘의 육군 역사에 대한 책임을 통감하고 미래에 대한 기초를 닦는 데 진력해야 한다. 지금 현 시점에서 잘못된 판단과 문제에 대한 묵과는 국가안보에 대한 책임을 회피하는 것이며 되돌릴 수 없는 과오를 범하는 것이다.

우리의 적인 김정일 집단이 변하지 않고 있으며 군사적인 위협의 강도는 오히려 강화되고 있는데도 불구하고 우리 육군은 병력을 감축하면서도 문제의 심각성을 외면한다면 군인으로서의 최소한의 양심마저도 버리는 것이다.

오성산 군인 – 군인이 아니면 무엇을 했을까?

초판 1쇄 : 2010년 4월 26일
초판 2쇄 : 2011년 3월 10일
글쓴이 : 한기호
펴낸이 : 권호순
펴낸곳 : 시간의물레

등록 : 2002년 12월 9일 제1-3148호
주소 : 서울시 마포구 마포동 332번지 1층
전화 : 02-3273-3867 / 070-8808-3867
팩스 : 02-3273-3868
전자우편 : mulrebook@empal.com

ISBN : 978-89-91425-99-6 (03810)
가격 : 10,000원
ⓒ한기호 2010